小城微光

蔡晓安◎著

北方联合出版传媒（集团）股份有限公司
春风文艺出版社
·沈阳·

图书在版编目（CIP）数据

小城微光 / 蔡晓安著. — 沈阳 : 春风文艺出版社，2024.1

ISBN 978-7-5313-6502-0

Ⅰ. ①小… Ⅱ. ①蔡… Ⅲ. ①短篇小说－小说集－中国－当代 Ⅳ. ①I247.7

中国国家版本馆 CIP 数据核字（2023）第 150551 号

北方联合出版传媒（集团）股份有限公司
春风文艺出版社出版发行
沈阳市和平区十一纬路 25 号　　邮编：110003
三河市华东印刷有限公司印刷

责任编辑：韩　喆　孟芳芳　　责任校对：陈　杰
装帧设计：四川悟阅文化传播有限公司　　幅面尺寸：145mm × 210mm
字　　数：190 千字　　印　　张：7.75
版　　次：2024 年 1 月第 1 版　　印　　次：2024 年 1 月第 1 次
书　　号：ISBN 978-7-5313-6502-0　　定　　价：75.00 元

用现实的微光烛照人性的良善

——蔡晓安短篇小说集《小城微光》序言

周其伦

重庆市青年作家蔡晓安，是一个很有些文学天赋也相当勤奋的小说作者，这两年他的创作和发表势头都很足，可谓是一路高歌。在一个不太长的时间段里，蔡晓安的小说非常集中地登上了《湘江文艺》《四川文学》《红岩》《地火》《当代小说》《太湖》《北方作家》《辽河》等多家核心文学刊物，同时还获得了文学界的广泛关注，这样的成就不要说是在重庆市，即便是放眼国内的普通作者群体，也算是一种奇迹。这次借为他的小说集《小城微光》撰写序言的机会，我特别想对他积极的创作姿态进行一些梳理，或许会给许多爱好写作的朋友一些启迪。

我和蔡晓安接触的时间有几年了，但真正见面详谈的机会并不多，更多的互动是在网络上、在作品中进行。他给我最深的印象是，在文学创作上有独到的见解且创作热情非常高涨，几乎是到了每个月都有新作品脱稿的地步。我和他多次聊过“写”这个话题，我希望他的写作不要过于劳累，尽可能地放慢“写”的速度，可以多抽出一点时间去品读作品，甚至还可以自己给自己多放些“假”，多多地去生活中寻找一些休闲的娱乐活动，让内心澎湃的情感有一个沉淀的过程。蔡晓安对我说，按照计划，他现在已经写得很少了，而且也特别注重在创作中对作品维度和广度进行开掘和延伸，但不知道是怎么一回事，就是忍不住，仿佛脑海中始终有一种挥之不去的力量催促着他尽快地把心中的块垒写出来，否则就会有膨胀得受不了的感觉。后来，我换了个角度去认知蔡晓安，发现他才算得上是一个真正意义上的小说作者，不仅有丰富的写作构思，而且还具备充沛的写作动力，深究起来这也是一个写作者非常可贵的姿态。有时候我也暗自思忖，或许这就是我们通常所说的那种人，他不仅把文学当成了爱好，也当成他毕生身体力行的一种信仰。

蔡晓安在一年前就给我阐述过他的一个计划，他准备以“小城微光”为主旨，用一系列小说短章去直面他所熟悉的、生活在城市边缘的一群人。这些人介于“城”和“乡”之间，他们历尽艰辛从乡村中走出来，但一时半会儿还不太可能有更多的机会融入闹市的繁华与喧嚣。蔡晓安特别渴望通过自己的笔触从多个侧面去关注这些形形色色的谋生者，以文学艺术虚构的形式深刻地反映出他们多姿多彩的情感心路和生活镜像，尤其是他们性情各异、心理挣扎的特征。按他的设想，他准备创作15个左右短篇，让每个故事都有着气场上的支撑，但又在相互关联的节点上发散出底层叙事的温暖。

2023年的春节，蔡晓安将即将出版的《小城微光》书稿发给我看，那几天恰好有些空闲，便认真地把书稿从头至尾地浏览了一遍，我似乎突然触碰到了作者内心那种特别渴望酣畅淋漓表达的“野心”。《小城微光》收录进《耳洞》《刺网》《相亲》《清水谣》《从头再来》《爷孙》《麝香》《盲生》《向钥匙》《对门》《丢失的床脚》《代驾十年》《良师》等13个短篇，几乎囊括了生存在“小城”里的底层众生，其中刻画的人物有留守老人和儿童，有城市打工者，有缝纫铺老板，有不起眼的开锁匠……这些小说涉及作者所熟悉的小城生活，也速写出他们世相多重的生活模式。这些人是如何抛却了乡村的家园来到小城，他们寻常靠着怎样的方式顽强地生存，他们遭遇到的种种困厄与点滴欢欣，等等。这些林林总总的情节，蔡晓安都拿捏得很到位，他悉心地观察他们的生活，用一种非常亲和也非常接地气的语气去娓娓讲述，这就使得《小城微光》所涵盖的文学况味多了一些丰赡的旖旎，他的表达也是我特别喜欢的一种路数。

我注意到小说集里的绝大多数作品都已经在文学刊物上发表过，这也为集子增添了好些理性的色彩。我曾经在多种场合与不少出版作品集的作者有过交流，建议他们首先要立足于发表，然后才是在发表后的基础上遴选作品来出版集子。这样做的目的绝不单纯是一个量的叠加，更多的还是要尽量让自己的作品能够多得到一些人的检视和考量，也多一些文学本身的理性。我觉得只有经历过这样艰难的历练，出版的作品集才会得到更多朋友的肯定，当然这个过程是相当困难的，尤其是在当下文学刊物关注视野比较集中的状态下。但我们换个角度来看就会发现，正因为在你的成功路上似乎多了一些“风雨”，或许成就你文学梦想的“彩虹”才会更加绚烂。我读完《小城微光》后，它给我的一个最直观的感觉就是，这部集子肯定会比作者前几年出版的《岁月是一条蜿蜒的河》成熟很多。这里的“成熟”特指作者已经开始从创作初始的必然王国走向了坦坦荡荡的自然王国，作者已经从最初相对感性的文学踅摸中找到一条适合自己的写作路径，我觉得这就是一个作者由对文学的爱好涅槃为“信仰”的显著标志。

整体来看,《小城微光》里的小说气息都比较平稳，情节的架构也一脉相承，我们从欣赏的角度去细细地品味和打量，基本可以梳理出作者在构思这批文本时，着力想表现的几个特点：

一、对情感的仔细把玩、品味、拿捏，对人间百态的观摩、考校、追溯，自始至终都是蔡晓安小说创作的一个独特支点。在他的笔下，故事中的人物和人物“行走”所发生的故事珠联璧合，两者水乳交融的意趣很值得我们研究。比如书中的《耳洞》《相亲》《爷孙》《对门》等篇目皆属于此类。

《耳洞》里的薛孃孃就是一个刻画得特别丰满的人物形象。她和丈夫的爱恨纠结令人感叹唏嘘，她面对儿子失而复得时所表现出的情感波动也令人万分感佩。丈夫在17年前离家出走，幼小儿子的离奇失踪，如此突如其来的打击都丝毫没有削弱她对生活的执念。她一边给别人缝缝补补维持生计，一边见缝插针地寻找亲人，足可以称得上苦楚万般。可是当17年后，她得知丈夫和儿子都先后身陷传销组织的现实时，薛孃孃似乎就不仅仅沉浸在悲痛里了。在这篇小说里，一个普通人家离奇的悲欢离合故事，折射出的却是社会病灶疗救的无力，其笔触的锋利犹如直抵人心的刀尖，疼痛感顿生。

范老娘是《相亲》里的配角，可是作者硬生生地把她塑造成了作品中不可或缺的“这一个”主角，想象也算是独辟蹊径。范老娘在公园里守公厕，她那从小伤了脑子、多少有些糊涂的儿子，也在江边的护岸工程中找到了一份下蛮力的工作。母子俩以厕为家，相依为命，一天有媒人上门要给儿子介绍“女朋友”，相亲过程中又遇到了那个被爱闪了一下腰后欲轻生跳江的女子，儿子原本有些犯傻的举动，让在场的所有人百感交集。故事没有结尾，似乎也无法结尾，毕竟生活仍在继续。“相亲”的主角“儿子”则在作者极少笔墨的烘托下，闪烁出人性中某种善意的质朴。

《爷孙》里的爷爷和孙子，几乎可以算是当下很多留守老人和留守儿童的生活样板。儿子、儿媳都远在外地打工，留在小城里的爷孙俩只能相依为伴，爷爷为了帮助孙子学习，专门去买了一部智能手机，孙子却用来打游戏。忘乎所以中孙子成绩直线下降，还为此患上了厌学症。结尾处作者故设悬念，将儿媳又“怀上了二胎”的消息重磅抛出，使得这篇小说潜藏的深意愈加明显。作品力图表现的老年人的孤寂值得关注，而成长中孩子们的心理健康建设，也更应该是我们这个社会要倍加努力的方向，孩子是我们的明天。

二、蔡晓安小说的另一个特点是善于抓住生活中细微的点点滴滴做文章，他的作品绝少宏大叙事，更没有多少在文字上的飘飞辗转，他牢牢地把自己创作的根须扎进自己所熟悉的场域中，从生活本真的源头去找寻艺术张弛的泉流，比如《清水谣》《刺网》《从头再来》《丢失的床脚》等篇。

《清水谣》里描写的清水乡小山村，是一个能歌善舞的土家族聚居村寨，作者巧借当地农家乐对歌活动的生动描写，呈现出他对振兴乡村主旨的理解。主人公程支书和老婆黄幺妹因为“对歌”而引发的一系列情感纠葛，看似笑话，但同时也是人情的宣泄。作者大刀阔斧地勾勒出乡村振兴过程中的诸多不易，很熨帖地把乡村振兴这样的大主题落笔于男女情爱的微小切口，展示出的却是当下农村人内心深处以及社会层面的微妙变化，这在同类题材的作品中真可谓独树一帜。作品以他们夫妻二人嘹亮的山歌对唱作结，表现出乡民们精神生活焕然一新，也为近期如火如荼的“山乡巨变”类小说阵容增添了一个新的表现模式。

《刺网》的本土色彩就相当浓郁了，阅读起来也会让很多人触景生情。一辈子生活在彭溪河边高阳镇的黄汉全，为了儿子能够在县城里安身立命，老两口自断后路卖掉了镇上的“家”，就为了在县城给儿子按揭一套新房，而他们老两口只能蜷缩在那条风雨飘摇的小渔船上。某一天，国家规定江河禁渔，老两口无法依靠打鱼为生，顿时感到了还贷的压力山大。而在外地打工的儿子此时却打来电话告知，他与女友分手，不想回老家安居了，万分失落的老两口望着县城那鳞次栉比的高楼无言以对。或许到了此时，黄汉全夫妇才猛然发现自己才是生活中那张无形“刺网”里的“鱼”。作品很动情地刻画出小城里市井边缘人物在面对特定历史变革时所遭遇到的茫然无措，也刻画出他们在这种不可逆转的命运转圜中，依然持守着的丝丝情愫。

《从头再来》关注的则是以高重头的打拼经历为蓝本的人生故事。作品从高重头不安于现状，在中学校门口开包面铺所经历的波折，比较深刻地表现出了普通人的生存困境，同时也从另一方面揭示出世俗力量的粗粝。高重头偏执的个性中，依然保留着当初的美好希冀，这便是人世间最珍贵的品格。

在《丢失的床脚》中，作者则给我们讲述着某个小区里的居家故事，也表现了人性中市侩和狡黠的另一面，足见作者对人性的拿捏下过很大的功夫。刘玉娟给即将来家暂住的父亲买了一张床，拆包装时却发现少了一条床脚，此类事件在住宅小区里并不少见。刘玉娟联想到小区里经常见到的那位捡拾废品垃圾的老头儿的举止，便去追根问底。一天，她在小区里碰到“老头儿”在卖菜，据他说是自己种的。于是，她借买菜的由头到他家里去寻找丢失的床脚，却发现了“老头儿”内心特别孤寂。在这里，“床脚”只是一个楔子，它嵌入生活机理后却发散出人物心灵深处的震颤。按理说老人的生活应该不错，可是他的内心寒凉却并不被世人理解，包括他的儿女，在这种情态下，他的“种菜”和捡拾垃圾就变成了一种可悲的“喜好”，讲述到此，作品的立意昭然若揭。

三、《小城微光》所有的作品，都立足于“小”，真正将“小”的命意与“微光”的点缀串联，发挥出最大的艺术张力。作者游刃有余地游走其间，让两者进行有机的拼贴对接，也为蔡晓安的这本集子增色不少。比如《麝香》《盲生》《向钥匙》等篇什，就很好地承载起了这样的重任。

《麝香》就是比较离奇也比较有张力的短篇，故事描写了一位耄耋之年的老中医为一个颇为神秘的“中年人”的老婆治疗精神病患的过程，老中医治疗手段的独辟蹊径和关于他可以治疗多种怪病的坊间传说，本身就具有某种悬念。但中年人为了给老婆治病情愿以身犯险，而当他老婆的病在开始好转时又东窗事发锒铛入狱，这些多点交叉且又难以尽诉的元素，都给读者留下很多的悬念，同时也留给我们更多的好奇和惊叹。

在《盲生》里，作者把目光投向了盲人按摩院，将主角安生塑造得有声有色，也开拓了他作品的领域。安生与一个叫燕玲的女孩儿恋爱了，但燕玲却始终犹抱琵琶半遮面，原来是她父亲为了给儿子治病，将她续弦给了一个年过半百的男子，对方给了几十万元的嫁妆，这样的背景让她痛不欲生，安生得知真情后也没有难为燕玲，而是让她自己选择喜爱的生活方式。我对小说结尾的一个细节记忆犹新，表面说的是师傅刚出生的小儿子，其实又何尝不是说的安生呢：这孩子眼睛没病，心眼也挺好。一个体量不大的作品，能够传递出生活中的良善，这就意味深长了，即便主人公身份普通，但他们的精神质地依然高蹈。

《向钥匙》的故事情节就要婉转得多，但同样给人以明媚的期望。名声在外的“向钥匙”是个女子，这样的设置颇让人意外。她的丈夫在一次外出开锁中不幸去世，其日常生活中遇到的困难那就可想而知了。某天，小年轻郝新来到店里学艺，她就不用再外出开锁了，直到警方来店里询问，她才知道学徒郝新偷了店里特制的开锁工具用于作案。种种意外叠加在一起，这些致命的打击让她自己都怀疑起开锁技能的意义何在。在一次外出开锁救助了一个在家轻生的女人后，向钥匙似乎重新审视起了自己“技能”的积极意义，也对“活着”有了更新的认知。

我们从《小城微光》里各个短章，既可以欣赏到蔡晓安观察生活的独到和切入情感的别致，还能够享受到他把自己长久的思考杂糅进小说作品后带给读者的愉悦，整部集子读完后，还可以感知作者力图用独特的文学个性去诠释世间真情的纯良与诚恳。蔡晓安将一个宏大时代背景下的种种图景恣意地浓缩进栩栩如生的民生情怀，将生活在底层小人物的生活具象，放置在文学表达手法的广阔维度去揣摩，用艺术的再现去引领发掘那些闪烁于底层的微光，这样的文学创作就会有烛照心灵的精妙。

诚然，《小城微光》的作品还只是作者创作过程的一幅剪影，就文本的搭建和语言的叙述都还有继续提升的地方，比如故事情节的转圜怎样才能更圆润，叙述语言如何更贴近人物口吻等，还需要作者有更多的发挥，但我们仍然要祝贺蔡晓安在小说创作上走出的这坚实一步。写完这篇文章时，眺望窗外，只见春日的暖阳徐徐洒下，复苏的草木正预示着来日的无限春意，生活如斯，文学如斯，我们没有理由不为作者的每一次创作成功而感到自豪。

2023 年 1 月 28 日于重庆

（周其伦，评论家，作品见诸《人民日报》《人民文学》《文艺报》《北京文学》等上百家报刊。《文学报》重点作者，重庆十佳读书人，在《新华书目报》开设有“文坛素描”专栏。）

目 录

CONTENTS

耳洞

薛孃孃一碰到年轻人，老喜欢把人家耳朵扒开来往耳洞里瞧。而且这年轻人，还只选在二十岁上下，大了不行，小了也不行。但是，耳朵长在别人身上，也不是你想瞧就可以瞧的。所以很多时候，薛孃孃总是要想方设法才能如愿。比如，人家提条裤子过来，想把裤管收短点，薛孃孃把个裤管在手里东扯一下，西捏一下，说看你高高大大的，再短，就爬到裤腰上去了。年轻人有点害臊，说孃孃真会说笑，再不收短点，边都快踩没了。薛孃孃就朝年轻人脚底下瞟一眼，也不用卷尺量，操起硕大的黑剪刀，用尖尖的头往裤管底部的线缝轻轻一挑，顺着再一挑……三下五除二，就把边开了。再将那剪刀齐裤管往上，在她自认为合适的位置，咔嚓咔嚓，圆圆的一圈，就剪掉了。待两条裤管齐整，才把边往里一收，送到缝纫机的针头下，脚在踏板上悠然自得地一阵踩，针头就如密集的雨点一样扎在裤管边上。

末了，薛孃孃把改好的裤子往年轻人面前一递，说，好了，四块。

待年轻人举着手机准备扫二维码，薛孃孃才突然说，别动，我看你耳朵上好像有个什么东西。边说边起身，以一种不容置疑的命令口吻说，把头低一点。年轻人莫名其妙，还没想清楚到底是怎么回事，已经乖乖地弯了腰，以便个头矮小的孃孃察看自己的耳朵。

薛孃孃只在年轻人右耳察看，东一扒，西一翻，然后很不好意思地说，孃孃人老了，眼神不好，看错了。

年轻人盯了她一眼，虽然心中有些狐疑，好像被戏弄了。但一看对方年纪，跟自己妈都差不多了，就不忍跟她计较，只说没事没事，把钱匆匆付了，赶紧像小偷一样溜走。

这一招，也不是每次都管用。碰到比较警惕的，薛孃孃喊他把头低一点，他会反问，为什么？薛孃孃说，我帮你看看你耳朵上有什么东西呀。他会说，有东西？我怎么没感觉？薛孃孃说，你眼睛又没长在耳朵上，当然看不见。他抬手就往自己耳朵上摸一把，说，我就说没有嘛。薛孃孃只能悻悻地望着他离开。但她还是会佯装嘀咕几声，缓解一下刚才尴尬的气氛，真是狗咬吕洞宾，不识好人心！

事实上，到薛孃孃小摊儿上来修修补补的年轻人已经不多了。他们果真穿着有什么不适感，通常都是把旧的一扔，立马买新的，哪还用得着往小摊儿上跑，既不时尚又麻烦。薛孃孃的忠实顾客，通常都以女性为主，而且大都是中老年妇女，一句话，家庭主妇，才是薛孃孃赖以生存的根。但凡事总有例外，只要有年轻人来，只要来的是二十来岁的年轻男孩儿，薛孃孃一定会想方设法看对方的耳朵，尽量不放过。

刚开始，人们也没太在意，总以为薛孃孃心好，又爱管闲事。看个耳朵呗，又不伤筋动骨，有什么大不了的。但慢慢的，次数有些多了，有人就不解了。她当然不是真要帮年轻人察看耳朵上有什么异物。那么，她到底想看什么呢？为什么每次抓住不放的，都是二十岁上下的年轻人，而且还必须是男的？为什么她要看的，又只是年轻人的耳朵，还只是右耳？她对年轻人身体的其他部位，好像从来都没有产生过丝毫兴趣。

也有年纪比较大的好事者就挨挨擦擦到了薛孃孃的小摊儿前，先是大声地说，薛孃孃，我耳朵痒，你帮我看看吧。薛孃孃把眼一瞪，没好气地说，耳朵痒，找掏耳屎的去。我看有什么用！来人突然把喉头一紧，声音低得像苍蝇，耳朵却直接竖到了薛孃孃面前，还讪笑着说，你帮别人看得，为什么我的就看不得？难道，年纪大的男人，就不是男人？

说起来，薛孃孃的小摊儿也不算什么小摊儿，就是台十分老旧的缝纫机，从面上的颜色和划痕来看，少说也是二三十年前的老物件了。然后就是身后的两个纸箱。生意好，人多的时候，或者顾客有事比较着急，他们通常会选择先把衣物放在这里，等薛孃孃改好或补好，再找个空闲的时间过来取。这些先放在这里，还没有完工的衣物用一个纸箱，另一个，是专门用来放置已经改好或补好的衣物。薛孃孃要做的事，也不像二三十年前的裁缝那样精细。以前的裁缝主要是做新衣服，薛孃孃要做的，除了缝缝补补，其他基本上就没什么可做的。当然，她也做衣服，但她只做一个人的衣服。除了那个人，谁的衣服，她也没做过。

薛孃孃小摊儿的位置摆得也比较奇特。马路对面，就是柏杨湾市场。这个市场与新县城的其他市场都不同。其他市场都在室内，都是正规的摊点，要给摊位费，要接受物业方面的管理。但这个柏杨湾市场不是，它就在露天。从六号路口，一直到白云路口，一公里左右的路途，把个一溜儿过去的门市前面的人行道，占个水泄不通。看起来，根本不像21世纪的市场，完全就是20世纪八九十年代各个乡镇赶集时候的样子。不同的是，那个时候乡镇赶集，不是一四七，就是二五八，或者三六九，隔几天，各乡各镇的人就聚集到一起，买这买那，或卖东卖西。现在的柏杨湾，则是天天人满为患，从不间断。市政、工商、公安等部门也曾整治过好几回，拉着长长的队伍过来。刚开始，也如秋风扫落叶。每一次，整治的人一到，人群就如同潮水一般散去，等整治的人一走，又如回水似的卷土重来。想想啊，那些人还有其他很多工作要干呢，又不可能像站岗放哨一样，天天把守在这里。所以，整治来，整治去，柏杨湾依然是原来那个柏杨湾。人来人往，络绎不绝。卖肉的、卖菜的各行其道，卖糖的、卖药的混杂其间，还有什么水果呀，核桃哇，鲜鱼呀……总之是，生活中该有的，市场上都有。

说薛孃孃小摊儿的位置摆得奇特，一是因为，它并不像其他摊贩那样，削尖了脑袋也要往市场里钻。市场上人多，生意自然就好。就好比每年都有人在长江岸边“刷冤枉鱼”，因为江里的鱼实在太多了，不上鱼饵，照样能把各种各样的鱼“刷”上来。她只在市场的马路对面，一个相对清静的所在，沉着心，一年四季，片刻不停地踩着她那老旧得快要散架的缝纫机。之所以叫“一年四季，片刻不停”，是因为，薛孃孃从来没有假期，没有周末，没有寒假和暑假。换句话说，一年365天，除了春节那几天找不着她的人影儿，其他时候，只要是白天，不管你什么时候来，她都在那里。就好像，她知道你这个时候会过去找她一样，她就专等在那里。二来呢，当然是她摆摊儿的具体位置，确实出人意料。

薛孃孃的摊儿摆在哪里呢？

它就摆在派出所大门口。当然，也不是大门正中间。大门两边分立着粗壮浑圆的支柱，左边一根竖着某某派出所的牌子，右边挂的则是派出所党支部的牌子。薛孃孃的缝纫机，几乎就紧贴着“党支部”，差不多呈45°角，斜在那里。也就是说，进派出所办事，或从派出所门前的人行道上路过，看见薛孃孃，不是正对着他们，而是斜着身子，朝向东南方。薛孃孃之所以要以这样的角度呈现在人们面前，可能她也觉得，跟“党支部”完全紧贴在一起，被人看见，确实有碍观瞻。

特别是初次路过这里的人，都不能理解。堂堂派出所门口，怎么能允许这样的小摊儿小贩存在呢？

这是个问题。

但除了派出所几位上了年纪的人知道其中的原委，其他人，包括派出所新来的年轻干警，包括进进出出来派出所办事的人，包括周围的居民，当然也包括大马路上去一潮、来一潮的人群，刚开始，大家也就是觉得有些奇怪，为什么这样一个人明显异常的存在，就没有哪个来管一管？但时间一久，便习惯了，也就见怪不怪了。

要把这个问题说清楚，还要回到十七年前。

十七年前，薛孃孃还不叫薛孃孃。熟人家的小孩子见了她，只叫她薛阿姨。隔壁老王四十岁上下，每次见面，都喊她“小薛”。其实，小薛差不多三十出头。但她面容姣好，看上去，也就是二十五六的样子。他们家就在城郊，是城市扩建中的占地移民。农村的地被征用，家没有了，他们两口子就带着刚满三岁的儿子，怀揣着征用款，到城里来谋生。

谁也没想到，到县城来还没有一个月，丈夫就失踪了。刚开始，小薛也没有把丈夫的“失踪”真正看作失踪。一个大男人，三十好几了，好手好脚，没病没灾，怎么可能说没就没啦？他是个性格外向的人，虽然生活并不尽如人意，但总体来说，妻子贤惠，儿子乖巧，又有一身的好力气，在县城里随便做点什么，日子也不会太差。所以，他还不至于为一些小小的不如意想不开。如果说出什么其他意外，好像也不至于。现在的警察遍地都是，治安环境好。就算果真有什么三长两短，消息怕早就传到耳朵里来了。小薛想不出丈夫去了哪里，但她就是不相信他会出事。一天，两天……一个星期过去，丈夫始终没回来。

小薛终于憋不住了。

她得去报警！

小薛带着儿子，到了派出所。现在我们知道了，小薛去的派出所，就是柏杨湾市场对面这个。

小薛和儿子都是第一次进派出所，都感觉很新鲜。但小薛是成年人，知道自己到派出所来是有事在身。她在跟警察说明情况的时候，儿子就在走廊上玩。她想，反正在派出所呢，都是好人，就算有坏人混进来，也不敢做什么，所以就放心地让儿子在走廊上东瞧瞧，西看看。儿子那个新鲜劲儿啊，别提有多大。他一会儿摸摸这里，一会儿摸摸那里，就好像进了一座十分好玩的迷宫一样。

等小薛从警察办公室出来，到走廊上一看，儿子却不见了踪影！

小薛的儿子在派出所走丢了，怎么说，派出所也脱不了干系。这是小薛的逻辑。对于派出所来说，一方面，他们觉得实在是太冤了。来派出所办事的人那么多，大家都各忙各的工作，不可能还专门派人来帮着盯小孩儿吧？家长是小孩儿的监护人，出了事，当然是家长自己的责任。可另一方面，他们还是动了些恻隐之心，不管怎么说，小孩儿就是在派出所走丢的。派出所是什么地方啊？是专门帮助人们解决问题的地方啊。别说是从你这里走丢的，就是从别的地方走丢的，你也有责任、有义务帮忙找回来呀。

可那个时候，偏偏不像现在这样，屋里屋外，街头街尾，到处都是监控。那个时候，你跟人们说监控，就好比跟他说外语，他除了拿无辜的眼神望着你，怕是什么也听不懂。

没有监控，孩子的去向，怎么可能一下就能摸准呢？

派出所虽然也觉得内疚，但终归不是他们的错。他们除了同情，除了把又一桩失踪案立在那里，还能怎么办呢？

但作为孩子的母亲，小薛的想法却不同。

小薛想，我现在到底该怎么办呢？真是屋漏偏逢连夜雨呀！丈夫的事八字还没一撇呢，儿子又出事了。她在电视上看过，某某的孩子丢了，他的父母就背井离乡，满世界跑着去找孩子。有的找三五年，有的找十年二十年，有的找到了，有的一生终老也没有找到。如果，她觉得仅仅是如果，丈夫没有失踪的话，她也许会和丈夫一起，像那些父母一样，背起铺盖卷儿，把家里的房门一锁，像两条猎狗一样就出门了。

可是现在，她的丈夫和儿子都失踪了。你让她往哪个方向去找哇！

想来想去，正在绝望之际，她突然灵光一现，想到小时候学过的一个故事，叫"守株待兔"。守在树旁，等着兔子来撞死，这样的好事虽然不多，但总还是有的呀。不然，怎么可能有这个故事出现呢？现在的她，也只能把死马当活马医了。哪怕只有万分之一、十万分之一，甚至百万分之一的概率，她也不能放弃，也要试一试。

所以，她就把缝纫机摆到了派出所门口。

这个决定，小薛是经过了深思熟虑的。可谓一举四得：一，她天天在派出所门口，案情只要有一丝半点进展，她都会第一时间知晓；二呢，她每时每刻都在警察眼皮子底下，他们肯定会抓紧时间破案，不好意思拖延；三呢，当然就是守株待兔一样的道理了，万一，孩子哪天想起他曾经从哪儿走丢的，自己又找回来了呢？出事时，他已经满三岁了，三岁的小孩子，一些印象特别深刻的事，应该也有记忆了吧？最后一层考虑，最具现实意义，那就是，她可以一边等儿子的消息，一边解决自己的生计问题。缝缝补补这一行，虽然是小打小闹，但解决她一个人的温饱，也绰绰有余了。

刚开始，派出所也出来干涉，说这里是国家机关呢，你把缝纫机摆在这里，太影响形象了，赶紧换个地方吧。小薛说，国家机关？影响形象？国家机关的形象不就是要帮老百姓解决实际问题吗？我的问题只能在这里解决。你们把我的问题解决了，形象自然就好了。下来说理的是个年轻警察，一听小薛这样说，歪了歪脑袋，不知说什么好，心里倒觉得，好像她说得也有些道理。但领导交办的任务得完成啊，正欲继续理论，不想小薛声音突然就大起来，吼吼的，像要吵架一样。小薛说，我儿子在你们楼里失踪的，我还没找你要人呢！你们不准摆在下面，我就把东西搬到楼里去。我天天都待在里面，等着你们把儿子还给我！

小薛一撒泼，年轻警察就只好皱了皱眉头，转身进了门。

后来派出所每换一任所长，都要派人下来跟小薛交涉，但最终，都只能偃旗息鼓，任由她在下面稳坐钓鱼台。她把话说得也够清楚明白了，她说，你们只要今天破案，把儿子还给我，我绝不会拖到明天，立马就从你们眼前消失！想想也是，毕竟是做母亲的，她有这个权利要求尽快破案！

可是，十七年过去，案子一直没破。所以要把她过错行为的责任全算在她一个人身上，也确实有些不地道，更不人道。当然，历任所长之所以最终都选择对小薛——后来也不知哪天，逐渐就被人喊成了薛孃孃——睁只眼闭只眼，还有一个更重要的原因：这个派出所在柏杨湾市场对面，门前的人行道本来就不宽，各种各样的车辆一来，停得满处都是。挤挤挨挨中，虽然小薛的摊是摆在门柱旁边，但不仔细看，还真没有几个会留意到。也就是说，她的存在是不应该，但影响相对微小。既然如此，也只好随她去了。现在不是讲警民和谐吗？那就让她“和谐”在那里吧。

薛孃孃喜欢扒二十来岁的年轻男子耳洞看，这个癖好，也不是一开始就有。具体从哪天有的，没有人记得。都是些与己无关的小动作，谁有那个心思去专门记忆呀。别说旁人，就是薛孃孃自己，你问她是从什么时候开始养成的这个癖好，她怕也说不出。

人们就是在不知不觉间发现了。

发现了，就会不知不觉关注。一关注，薛孃孃的癖好就不是她一个人的癖好，而是成了人们拿来取笑的因由。薛孃孃明知周围人在笑话她，有些是明着笑，有些是偷着笑，反正都是个笑，她也习惯了。她并不会因为别人的笑，就收敛自己的行为。只要有看起来二十来岁的年轻男子前来，她依然会想方设法去察看他的耳朵——严格来讲，是耳洞。因为她总是会扒开男子的耳朵朝里面看，里面，不是耳洞，又是什么呢？

薛孃孃在派出所门口时间久了，跟派出所的民警也慢慢熟了。知道内情的民警会时不时把家里需要缝补的衣物拿来，明着说是请她帮忙，实际上是照顾她的生意。也是，一个女人家，丈夫、儿子都失踪了，靠着这么点微薄的生计过活，谁的心不是肉长的，不同情、不心疼？那些不知道内情的，看着同事都把衣物拿给薛孃孃修补，就以为，肯定是薛孃孃手艺不错，那还犹豫什么？隔得这么近，当然要“近水楼台先得月”了。这么多年下来，薛孃孃跟派出所的关系不但没有闹僵，反倒越来越热乎。特别是最近这一届班子上来，心更软了。所长在班子会上说，薛孃孃的事情我们大家都晓得，她成了现在这个样子，我们派出所多多少少还是有责任。所长的话大家都懂，十七年了，案子没破。如果能早点破案，儿子能早一天回到她身边，她也不至于在这里傻痴痴地等这么多年。所长说，所里反正需要一个打扫卫生的，我看就让她来做吧！

所长是同情她，所以就想出这个办法来多照顾她一些。当然，还有另一个他没有说出口的原因——他是想通过这样的安排，来减轻一点藏于内心深处的自责。

薛孃孃感激涕零。特别让她想不到的，所里不但给了她一个相对稳定的工作，这个工作也不需要时时刻刻在所里待着，一天到晚，其实就是早晚各一次，把楼上楼下的楼道、走廊打扫干净就行。除了打扫卫生的时间，她那些缝缝补补的小生计，该怎么办，还怎么办。不仅如此，所里居然还在一楼给她辟出一个小单间，名曰管理室。让她在打扫完卫生以后，那些清扫工具好有个放处，但其实薛孃孃心里明白，所里真正的意图，是方便她晚上把缝纫机等物件放在里面，免得像以前那样，直接靠外墙一挨，拿一块塑料布蒙着。万一小偷给偷走，或者不懂事的小孩子搞破坏，让她去哪儿买这一模一样的缝纫机呢？要知道，如今这个年代，这样的物件早就成古董了。即便不丢、不坏，被几场大雨一淋、天长日久被风吹，烂得也快。

总之，薛孃孃心里对派出所，真是充满了无尽的感激。这感激，也渐渐冲淡了她心中的怨气。这个时候，她心里就跟明镜似的。她相信，警察也希望能快点破案，搞清楚丈夫和儿子的去处。现在找不到他们，不是警察不想找，是实在没办法找到。

那天，天气有些阴，相比于前几天，又有些冷。生意不太好，一个上午快完了，也没几个人过来。薛孃孃有些泄气，一泄气就有点打瞌睡。心道，这精神，真是一年不如一年哪。正要起身醒醒神，然后开始为那个人做衣服。她做衣服，总是挑这样的空闲时间。

一闲下来，她就要做衣服，但只为那一个人做。这是十几年来，她雷打不动的习惯。

就见派出所门口突然跑出来一个人。再仔细一瞅，原来是民警小甘。小甘上气不接下气，一路跑到薛孃孃面前。薛孃孃心想，从里面跑出来，也没几步路哇，都这么气喘吁吁的，想必有特别紧要的事，不然不至于跑这么急。

小甘到了近前，十分急促地说，薛孃孃快跟我来。所长叫你快上去！

薛孃孃不知道为什么所长会叫她。她在派出所门口待了十几年，所长从来没有叫过她。但她也管不了那么多，既然所长在叫，那就跟着小甘上去就是。什么事，见了所长，自然就明白了。

到了所长办公室。所长本来坐着，这会儿立即起身，十分热情地招呼，薛孃孃，您先坐。薛孃孃说，所长，有什么事，只管说好了。今天生意不好，我还想到下面去多守会儿呢。所长面带微笑，说是有点事，但我们慢慢说，不急。所长毕竟是领导，薛孃孃不好再催。那就先坐下来，看看所长到底要说什么事吧。

所长说，我们刚打掉了一个传销团伙。

薛孃孃眉头一皱，心想，你们打掉传销团伙，关我什么事呢？我又不是你什么领导，也不需要跟我汇报哇。

所长又说，那个传销团伙的头儿，姓许。

薛孃孃越来越觉得奇怪。我跟传销团伙八竿子打不着。他们的头管他姓许，还是姓徐——突然之间，薛孃孃一个激灵，像瞌睡醒了大半，愣愣地看着所长，不出声。他们的头儿姓许——许，不就是她夫家的姓吗？

薛孃孃只觉得冰冷了十几年的热血一下子沸腾起来。全身上下，像筛糠一样，开始微微抖动。她有一种直觉，所长之所以叫她上来，一定是有跟她相关的事要告诉她！

薛孃孃的直觉是正确的。所长叫她到办公室，确实是要告诉她一件与她密切相关的事：那个传销团伙姓许的头儿，居然点名道姓要见她！警察问他为什么，他也不说。警察说，你不说原因，我们就不带她过来。姓许的头儿就说，因为我认识她。然后，他把她的姓名、年龄、家住哪里全都说出来，而且，更让人讶异的是，他居然连她在派出所门口做缝缝补补的小生意也一清二楚！警察迷惑了，不知道该怎么办。但他既然了解她这么多，一定跟她有着非同一般的关系。

于是汇报上去。所长一沉思，说，他的案子判下来，少说也是一二十年。就给他个机会，见见他想见的人吧。

所有人都还关在派出所顶楼，一间很大的屋子里。

薛孃孃一眼就认出了人堆里的丈夫！脸还是那张脸，方方的，平平的，像块竖着的搓衣板，可能是被搓的时间长了，就比以前更白净。也有不同。他从前的头发是乱蓬蓬的，现在却梳得光溜溜的；他从前的衣服总是邋里邋遢，好像永远都没法规规正正地穿在身上一样，现在却西装革履，哪怕蹲在人堆里，也不失某种气质似的。

总体来说，薛孃孃对眼前这个“丈夫”最直观的印象就是，他比以前更年轻了，更神气了。虽然，他现在都五十出头了，而那时，才不过三十多岁。

两个人见了面，却是平平淡淡、木木讷讷的表情，根本没像电视剧里那样抱头痛哭，或执手相看泪眼的场景出现。可能他们分开的时间实在是太久了，久得相互之间除了陌生感，也剩不下什么。薛孃孃突然间觉得，她对丈夫许多年的思念，其实要比眼前这个具体的人，熟悉得多。

丈夫说，我找你来，只是想见你一面。这次不见，只怕以后就很难见到了。薛孃孃说，你的意思是，这之前，我们见面就很容易？丈夫说，我知道你对我有抱怨，但是，我确实是身不由己。

丈夫说身不由己，这倒是实情。薛孃孃哪里知道，丈夫当年失踪，其实是被骗进了传销团伙。那人骗他进去的时候，当然不会说是搞传销，只说有一个活，既省力，又来钱。丈夫一想，家里拖儿带母的，正是花钱的时候，天底下居然还有这样的好事。

天底下居然还有这样仗义的朋友！

于是满心欢喜地随那人挣大钱去了。本想一安顿下来，就跟家里联系，通报情况，哪知进了狼窝，想再跟外面联络，却没那么容易。不但人失去了音信，人身自由，更是完全失去了。刚开始，也是被迫，慢慢在行当里待久了，也确实赚了些钱——准确说，是骗了些钱，便有些温水煮青蛙的意思。即便后来人身不再受到限制，他也再无力跳出那口满是开水的锅了。十几年下来，他在“业内”越做越得劲，后来居然在大哥的允许下，跳出来单干，拉起了自己的“队伍”。说起来，他这些年也离得不远，基本上就是在重庆周边的四川、云南、贵州、湖南、湖北一带转圈圈。这一次，他是又回云阳来招兵买马，充实队伍。毕竟云阳是他的老家，熟人多，算大本营。不想，却被早就盯上他的警察来了个一锅端。

薛孃孃尽量按捺住心中的怨怼，但她还是有些问题不明白。

不等她问出口，丈夫说，你一定很想知道，我后来既然行动自由了，为什么还是不跟你联系？

薛孃孃望着他，没有作声。但是很明显，这正是她心中始终想不明白的疑问。

那是因为，我知道儿子走丢了。丈夫说这话的时候，声音有些颤颤的。听得出来，他对她的怨恨，至今未完全消解。儿子都没了，我回来还有什么意义呢？更何况——

他长长地叹出一口气，更何况，我有好几次从柏杨湾市场路过，远远地看见你跟一些男人显得那么亲密，我就想，这样也好……

薛孃孃就觉得，胸中仿佛有什么东西在融化，越来越汹涌，却也越来越堵塞。

警察在旁边说，我看，今天也差不多了吧？

薛孃孃想要转身离开，脚下却像被胶水粘住了似的，怎么挪也挪不动。薛孃孃一着急，猛地抬了一下眼——仿佛这一抬眼，脚就跟着抬起了似的——一个年轻人的目光，像两颗黑色的子弹一样射了过来。

原先屋里的那一堆人，都蹲在地上，低垂着头，没有谁朝这边直视。大家刚被抓到，都很心虚，不想在警察面前多抛头露面。

这个年轻人，大概是听到薛孃孃的丈夫说我知道儿子走丢了，才本能地、自觉不自觉地把脸仰了起来。

这一仰，薛孃孃就像被鞭子抽了一下似的。

这张脸，这张陌生的年轻男子的脸，怎么就好像在哪里见过呢？

薛孃孃的心开始咚咚直跳。她也顾不了那么多了，只管几大步蹿到年轻人面前，不由分说，蹲下来就开始扒拉人家的右耳。年轻人哪里见过这个阵仗，赶紧闪躲开来。薛孃孃一看到手的鸭子又飞了，自然也不肯作罢，一手扯住年轻人的头发，一手又强行去扒人家的右耳。

人们都以为，这个老妇人肯定是突然见到失踪十几年的丈夫，神经受到刺激，才出现这些反常的举动。

在警察赶过来制止之前，薛孃孃终于看清，年轻人的右耳，耳洞稍微靠里的位置，果真有一个子耳巴。这个子耳巴十分特别，分上下两层，上面一个小肉球，下面一个大肉球，中间像系了根腰带似的一杠。两个肉球分开看没什么，可合在一起当作个整体，就有点意思了。左看右看，怎么看，都像挺着个大肚皮，顶着颗小脑袋，正在盘腿打坐的菩萨。至于具体像哪尊菩萨，薛孃孃觉得，应该是弥勒佛。

这个右耳洞里盘着个弥勒佛似的子耳巴的年轻人，后来经过 DNA 鉴定，证实，确凿是薛孃孃当年从派出所走丢的儿子。所长的心，终于像一块石头一样落了地。沉沉地，实实地，稳稳当当地。不管怎么样，这个案子查了十几年，总算是破了。破了，就是给了薛孃孃一个交代。

原来，薛孃孃的儿子从派出所跑到大街上，迷了路，被一个到城里来卖水果的乡下人抱走了。也就是说，薛孃孃的儿子十七年来，其实并没有走多远，他就在几十公里开外的一个村子里。几十公里的路途，因为音信全无，就成了天涯海角。

儿子读书成绩不好，初中毕业就外出打工。这次，刚好有朋友说老家有个赚钱的好机会，东吹西吹，吹得他实在受不了了，就风急火燎地从南方赶回来。谁承想，这个赚钱的好机会，竟然是搞传销！而且，令人唏嘘不止的是，他被骗入的这个传销团伙，老大竟然就是他的生身父亲！他走失的时候已经满三岁，对自己走丢一事，多少有些模糊的记忆。所以，当薛孃孃丈夫说，知道儿子走丢了，他就有一些本能的情绪反应。

当时的薛孃孃，也不懂什么 DNA 鉴定，她只需要找到男子耳朵里的子耳巴，就找到了儿子。可是，当她被警察从儿子身边拉开——几乎是强行将她和儿子分开的时候，薛孃孃真是连死的心都有了。但是，真正让她绝望的，肯定不是这暂时的分开，而是，儿子居然并不领情，并不想认他这个生身母亲，当然也包括那个现在已是他“老大”的生身父亲。儿子声泪俱下地说，我本来已经受过一次伤害，这么多年来，好不容易把以前的事忘掉——把你们忘掉，把我所受的伤养好，你们为什么，又非要来把我的伤疤揭开？儿子的意思她懂。他的生活虽然像他父亲当年一样，过得并不尽如人意，但养父养母对他不错。现在突然要把他从他们身边夺走，不就是要把养好的伤再次割裂吗？不，还不尽然，这不但是要把他原先的伤疤揭开，更是要在原来的伤口处，重添一道新伤啊。

薛孃孃心如刀绞。她想，做人真没有做菩萨好哇。你看儿子耳洞里的那个弥勒佛，不管耳朵外面的世界如何风云变幻，都是一副笑眯眯的模样。

薛孃孃对儿子说，你不认我，我不怪你。谁叫我把你搞丢了呢？但是，我有一些东西要给你。你跟我去取来吧。

警察领着母子二人下楼。

到了派出所为她安排的那个小管理室，薛孃孃停下来。

门开了，连身后的警察也“哟嗬”一声，倒吸了一口凉气。

展现在儿子面前的，是靠着墙码起来，层层叠叠，四面环绕，差不多有一人多高的各种各样的衣服！有春夏秋冬不同季节穿的，有外套，有内衣，有不同的样式，看上去，这些衣服都是新的，从来没有人穿过，却不是从商场买来的，而是靠手工做成的！

关键是，这些衣服还有大有小，从小到大，尺码渐次递增，大的刚好适合年轻人穿，小的却是几岁的小孩子才能穿。

这么多年来，我总想着我们会有再次相见的一天。薛孃孃哽咽着说，所以，妈妈只要一有空儿，就给你做衣服。妈妈没其他本事，这是我唯一能做好的事。

儿子像在顶楼那个大屋子里一样，突然蹲下来。不同的是，在屋子里，他是掩面遮丑，而此时，却开始掩面痛哭！

（原载于《四川文学》2022 年第 8 期）

刺网

按照黄汉全最初的设想，他是准备把高阳镇上的老房子卖掉，然后到新县城来选一套新房。他已经仔细计算过了，卖掉老房子的钱，刚好用来做首付，至于月供，他和老伴儿好手好脚，现在都还动得，只要澎溪河的水不干，河里的鱼儿就会源源不断地进入他的船舱，然后被凌晨四点钟左右就已等候在岸边的那些买鱼人抢走。

那点月供，又算得了什么呢？

黄汉全今年都六十出头了，如果在单位，都过了退休的年龄。但他从十几岁开始就在这条河上打鱼，一打就是40余年。他的单位就是眼前这条澎溪河。河在，水就在，水在，船就在，对于渔民来说，他一辈子的工作岗位，就是与他相依为命的那条船。而河，永远不会说："好啦好啦，都到点了，快下船吧。"

在这条河上，打鱼打到七老八十，还精神矍铄，一点都没有上岸打算的，大有人在。所以黄汉全常常想，还好，我还不算老。就算打到80岁，我还有20年的劲儿没有使出来呢。

总之，他对自己购置新房的计划满怀信心。

黄汉全想要在新县城买新房，并不是因为他劳累了一辈子，想到县城里去享清福。如果真要为自己着想，他继续待在高阳镇是最好的选择。那里山清水秀太阳高，自从三峡大坝的水一灌上来，高阳就成了名副其实的小"平湖"。镇上到处都是以"平湖"冠名的商家，以"平湖"为噱头的广告，什么"平湖饭店"啦、"平湖宾馆"啦、"平湖人家"啦、"平湖鱼庄"啦、"平湖夜市"啦……总之，仿佛离了"平湖"二字，就不是高阳，就不能尽显高阳的独特区域定位。

这个定位，不仅是对于商家，特别是对于旅游业的发展有利，即便是普通的百姓人家，也能轻易体会到“平湖”所带来的现实愉悦感。从镇上望出去，澎溪河到了这一段，水面突然变宽，很多地方比其他河段至少要宽出三倍。宽阔的河面，碧波荡漾，光点闪烁。更让人爽心悦目的是那一个又一个从河面冒出来的大大小小的岛屿，那气势，简直犹如一个小型的“千岛湖”一般。岛上郁郁葱葱、绿树成荫、繁花似锦。到了周末，常常能见到一叶一叶的轻舟贴靠岛边，游人三三两两，或登岛野游，或环岛畅怀。诗情画意，点缀其间。

黄汉全只是个打鱼的渔夫，并不懂得什么诗情画意，但那画面感十足的美景，却一样冲击着他的内心。他常常想，能在美若仙景的“平湖”边过一辈子，也不枉来这人世间走一遭。

然而，尽管对老屋充满了眷恋，他还是义无反顾地决定，要到新县城去。理由当然十分充足。儿子计划明年从广东回来，跟谈了三年的女友结婚。说起这个儿子，黄汉全就忍不住深深地自责。年轻时，夫妻俩一天到晚只管在河上打鱼谋生活，有时候忙不开了，就叫儿子上船来帮忙。虽然儿子到船上来的时候大多是晚上，但晚上没有睡好觉，到了第二天，上课就像坐飞机。好端端的一个苗子，就在这有意无意之间，把学习全给荒废了。好歹念完了初中，升学无望，只好随乡邻一起南下打工去了。

黄汉全如此笃定地要去新县城买房，除了在传统的观念上，必须给儿子准备一套婚房外，还免不了想要以此举减轻一点多年来一直压在他心头的负罪感。

是的，是负罪感。如果当年他能像现在的家长一样，好好供儿子上学读书，不要耽误他，他的生活又何至于像如今这般艰苦呢？

黄汉全按照计划在新县城为儿子买了结婚用的新房。房子是电梯房，十六层，当然也是按照计划，先首付，再月供。一切都按部就班，顺理成章。买了房子以后，他没有太多的喜悦感，只是觉得，压在心头的那块石头，总算是移开了。

他并不打算等儿子回来，与他们同住。房子是为儿子和他未来的媳妇买的。当然，如果等他们回来以后，他们确实有那个孝心，非要一起住，那到时候再说。至少目前，他已经和老伴儿商量好，能在船上住一日，就先住一日。等到哪天天气实在太冷了，大不了就在岸边租个单间。都是脖子快入土的人了，哪里还讲究那么多。

总的来说，黄汉全觉得一切都还顺利，包括打鱼。原先以为，从高阳来到新县城，人生地不熟，多多少少会受人排挤。不想，也还好。你只要不到人家固定的地盘——经常下网的位置去，人家都还是拿好脸色给你看。话说回来，偌大一条澎溪河（俗称小江），哦，对了，还不只是澎溪河，到了新县城，还有长江。新县城恰位于两江交汇处。“两江”上的渔民，也不过百十来家，那么长的河段，哪里容不下这百十来家的打鱼船呢？这就好比一个露天的菜市场，来卖菜的人，虽然都有一个相对固定的位置，这个位置一般也不会有人去争抢，所以大家都能相安无事。即便来了新卖菜的人，也总能在旮旯角落找到属于自己的那一方小天地。把架子搭起，把摊儿摆开。小生意，就这样做起来了。

然而，事情很快就有了变数。仿佛只一瞬，形势急转直下。

黄汉全到新县城来还不到一年时间，就是说，儿子没几个月就要回老家结婚了，却突然出来个新政：所有河道，十年禁渔。

十年禁渔，那，我和老伴儿还靠什么吃饭呢？

特别是，我靠什么去还每月必还的房贷呢？

关于吃饭，政府当然是想到了的，所以，从渔民上岸的那天起，就想尽各种办法，帮他们解决生计问题。年轻一点的，就地转化为渔政巡逻队员；年龄稍大一点的，就去清水湖旅游景区开旅游船，或者，渔民所在社区为其安排公益性岗位；也有年纪更大的，就为其办理“低保”……这些人，统统都是政府埋单，给工资，缴社保。当然，原则还是自愿。这部分人说起来生活有保障，但毕竟工资不高，只能保证他们吃得饱，穿得暖，若有更高的生活要求，却是不能。所以“野心”稍微大一点的，不愿守着“死水塘塘喝稀饭”的，就业局就安排他们进行各种技能培训，学到一样手艺，成为真正的手艺人，随便走到哪里，都能混出个人样来。那些年纪实在太大的，操劳了一辈子，现在什么都不想干了，也行啊。渔民不是都有打鱼船吗？那好，一条船补给你十几万，你只要不顿顿山珍海味，勤俭过日子，怎么说，挂在尾巴上的那小半辈子都够用了。

总之，禁渔之后，在渔民怎么生活的问题上，政府确实是操碎了心。

这些，黄汉全都懂。但他毕竟已经六十出头了，那些政府安排的工作岗位，都不适合。都到了退休年龄，谁都不傻，哪个还愿意用呢？说到技能培训，他也想过，半截身子都入土的人了，就算想学，也未必学得会。他一辈子最大的“技能”就是打鱼。他打了几十年的鱼，脑子里装的全是打鱼的技巧、打鱼的逻辑，现在你让他干别的，那个弯哪，怎么拐都拐不过来。

如果不是给儿子买了结婚用的新房，每个月都必须还房贷，他才不急呢。老两口怀揣着补贴的十几万元，日子怎么过，不是好过呢？在买房这个问题上，黄汉全打电话找儿子拿身份证，说买房要用你的名，我这个年纪，也贷不了款，儿子什么都没说，算默认了。他能说什么呢？在外漂泊十几年，除了把自己一张嘴糊上，其实什么都没捞着。这样说好像也不对，毕竟，他不是很快就要捞个媳妇回家来了吗？

黄汉全想，如果不是因为现在禁渔了，儿子还不如回来跟自己一起打鱼呢。年轻人嘛，总是这山望着那山高，当初他要出去打工，怎么劝都是枉然。总以为外面的世界是一马平川，想跑多快就跑多快，想跑多远就跑多远。好像家乡这些青山绿水就是阻挡他向前奔跑的罪魁祸首一样。

结果呢？在外面跑了那么多年，又跑出个什么光鲜的样子来了呢？

黄汉全强迫自己不再去想儿子，他得集中所有的注意力，想眼下最棘手的问题：房贷怎么解决？每个月的月供，拿什么去还？总不能，将补贴得来的那十几万元，一点一点往坑里填吧？就算那样，也填不满哪。等哪天手里这截火把头头也烧光了，到那时，又拿什么点亮呢？

渔民的打鱼船被收缴了，面相好一点的，被送到清水湖去做旅游船，稍次一点的，毁了又可惜，就拴在岸边，渔政的过来，将鱼舱用木板钉死，以防有人钻空子，乘人不备又摇船出去偷着捕鱼。除了打鱼船，渔民们每家每户都有一条自用船。自用船不在收缴之列，但凡是谋了新生计的，几乎都放弃使用自用船了。还有什么好用的呢？又不在河上生活了，用来用去，反倒是累赘。于是，大多数自用船，渔政不来收，也被渔民们自己毁了。就算不毁，搁置时间一长，就像农村的老屋，没人去住，自然就塌了。

黄汉全的自用船还在用。他不像一直在新县城周边打鱼的渔民。他是刚从高阳镇上出来不久，虽然买了新房，但那房子是给儿子结婚准备的，他不打算去住。出来这些日子，在船上住着也挺暖和，所以原先准备在岸边租个单间的想法也一直没实施。

也就是说，黄汉全和老伴儿把自用船当成了家。

自用船和打鱼船虽然都是船，但区别还是挺大。一般的打鱼船长约十二三米，因为功能就是打鱼，所以相对而言，船上的设备比较简陋，鱼舱和机动设备之外，就数还没下网时的三层刺网最占地方。近些年，渔民打鱼虽然还是叫“打鱼”，其实实际操作早已不是“打”，而是“拉网”。以前的“打鱼”，主要是指渔民一个人一张网，渔网的一半空开，用左边胳膊肘撑起，右手将渔网的另一半等距离、像折折扇一样捏在掌心，然后起势，身子左转，微蹲，像拧了半个麻花，突然向右侧猛转，双手将网用力抛撒出去。一张网，在空中旋转着，像一个跳芭蕾的舞者，裙裾螺旋式张开，很快就成了满满的一个圆，然后轻盈地覆在河面，随着星星点点的水花溅起，慢慢沉底。直到手里的网绳不再继续往下拽，才抖一抖，一把一把将网拉上来。

拉上来的，就是一网活蹦乱跳的鲜鱼呢。

现在不是。现在“打鱼”已经不是这个招式了。现在的渔民打鱼，用的都是三层刺网。所谓三层，就是这张网是由里外三层构织而成，外面的一层，网孔最大，第二层、第三层，越往里，网孔越小。所谓刺网，就是这张网就像全身长满了倒刺一样，只要鱼钻进来，就绝不会再给机会让它退出去。

怎么可能退得出去呢？一条鱼，只要脑袋进了外面第一层刺网的网孔，只会拼命往前钻。这是一种本能。它总以为，只要用力朝前，总会摆脱掉身上的束缚。它倒也真的可能钻出去，但刺网的第二层、第三层还在等着它呢。越往里，孔越小。求生的欲望越强，往前钻的劲儿越大，就会被卡得越紧。最后的结局，就可想而知了。这有点像戴手铐，你越是想摆脱，手铐就会将你拷得越紧。

这种网，自然也不是用来撒的。一张网，都是一百米左右，让全世界力气最大的大力士来撒网，也未必撒得出。但即便是这种巨大的刺网，在江河面前，还是显得有些“小儿科”。

黄汉全很少去长江下网，江面太宽，既费时，又费事。他的年龄毕竟不小了，太费力的活，他担心自己干不了。所以，通常来说，他都是去澎溪河（小江）下网。反正两条江河道相通，即便在澎溪河里打鱼，打上来的，还是有很多长江鱼。而且，在长江下网，因为日夜有船通航，所以只能下沉网。在澎溪河就不一样，一到晚上六七点钟就会禁航，所以，浮网、沉网都能下。这样，打上来的鱼种类就会更齐全。顾名思义，浮网就是只下到河面的网，而沉网，则需下到河底去。

下这种网，仅凭一个人还不行，一般都需要两个人配合行动。一条船，两个人，通常都是夫妻。所以打鱼船，在当地又被叫作“夫妻船”。

到了傍晚时分，黄汉全需要和老伴儿一起，将船开到自己的“地盘”上，他们要在这个时候配合下网。三层刺网只有一百米，但河道宽的地方有三百多米，窄一点的，也有两百来米。所以，他们的刺网都是事先经过处理的，也就是，要将两张或三张刺网联结起来，缝织成一张。下网时，先将其中一头套在岸边的树桩上，不好套树桩，就需要下铆。铆有点类似于锚。不同的是，锚是下到河里，铆则需要钉进岸边的泥土里。一边固定好后，老伴儿开机动船，把握方向，黄汉全就一把一把将刺网从船上下到河里。到了对岸，又将网的另一端固定好，这才拐个弯，到另一个位置，去下另一张网。

像这样两三百米的刺网，黄汉全有四张。如果渔民年富力强，也会更多，最多会达六七张。如果加上下到长江的刺网，有些渔民十来张也是有的。

这是说的打鱼船。如果是自用船，自然没有那么长，大都只有六七米。如果仅仅是作为交通工具，自用船也不复杂，顶多就是分个煮饭、吃饭，外加短暂休息的区域。但黄汉全的自用船却不同。他是把船当成了家。所以该遮挡的地方要遮挡，该密闭的地方要密闭，该保暖的，还得想办法让它暖和起来。总之，虽然地方只有巴掌大一块，但麻雀虽小，五脏俱全。既然是家，就得让它有个家的样子。要让自用船像家一样，具备吃喝拉撒睡的功能。

于是，有人就发现，黄汉全不能在河上打鱼了，可他们两口子，还是一天到晚都待在这平静的河面上。无论艳阳高照，还是刮风下雨，那条自用船，仿佛就是他们全部的世界。

所有人都以为，黄汉全不愿离河上岸，是因为他对这条河眷恋太深。想想也是，他在这条河上来往穿梭了四十余年，河，已经成了他生命中不可或缺的部分。就好像，没有河在下面流淌，他就不能成为黄汉全一样；就好像，他离开了河，就等于把他身体的某一部分留在了河道里。所以，河上的巡逻艇从来不把他当回事。无论白天，还是晚上，总是嗖嗖地，从不远处的河面上划过。没有人过来询问：你在河上干什么？这么晚了，为什么不回家？

大家都知道，那条孤零零的小船，就是黄汉全的家。

黄汉全好像被彻底忽略了。

黄汉全就好像从这个世界遁隐了一样。

没有人想到，这就是黄汉全想要的效果。他和老伴儿默默无闻地待在船上，像以前打鱼一样，白天睡觉，晚上起来，生活规律一点变化没有。其实他是在谋划一件对于他来说，或者对于他们家来说举足轻重的大事。他的谋略就是，先在船上做出一副平静度日的假象，麻痹住那些巡逻队员。等他们都放松了警惕，再出奇不备，瞅准时机，干自己想干的事。

黄汉全想干的事，当然还是打鱼。

只有打鱼，才能保证他们家的经济来源，才能让每个月必须支付的月供不至于断流。但他也非常清楚，他再也不可能像从前那样，老伴儿开船，他就把三层刺网从这边河岸一路下到那边河岸。果真那样干，目标太大，很容易被发现。而一旦被发现，高额的罚款是少不了的。到时候，就真成了“偷鸡不成，倒蚀一把米”了。

黄汉全不想冒这个险。本来就没几个钱，哪里还禁得住罚呢？但他又必须干。所以，他就想，凡事都讲个循序渐进，现在不是规定可以一人一竿、一竿一钩钓鱼吗？那我就先从钓开始。我和老伴儿两个人，也就意味着，我可以放两根钓竿在船上。年轻时候，黄汉全就是钓鱼的高手。别人钓不上来，他却一条一条往篾篓里放。其他人都半羡慕半嫉妒地说：“汉全，你是戴了‘穿山镜’的吗？一条河的鱼，好像全在你眼皮底下哟。”

但是现在毕竟老了，又好多年没钓过鱼，还能不能像年轻时那样顺风顺水，真不好说。不过，就算一条鱼钓不上来，他也不担心。因为，所谓钓鱼，也不过是给那些巡逻队员做做样子罢了。万一他们靠过来，即使检查，也是一人一竿，一竿一钩，不违法。他真正想干的，是用渔网打鱼。就像很多年前在高阳那样，渔网的一半空开，用左边胳膊肘撑起，右手将渔网的另一半等距离、像折折扇一样捏在掌心，然后起势，身子左转，微蹲，像拧了半个麻花，突然向右侧猛转，双手将网用力抛撒出去……

一个晚上，撒那么两三网，也就够了。

一晚上那么长，他们再怎么巡逻，难道就找不到撒那么两三网的时间吗？黄汉全不信。

但是渔网搁置在船上，还是有那么大一堆，万一有人上船来，必然会露馅儿。黄汉全在船上生活了几十年，这个问题当然也难不倒他。他让老伴儿递给他一只麻袋，将渔网装进去，打个结，套好。然后就见他把浑身的衣服裤子脱光，来到船舷边，身子微蹲，再纵身一跃，人就像一只光滑的鱼，轻盈地落入水中。再游到舷边，让老伴儿将麻袋交给他。他再一个“咪咕头儿”（潜泳），下到船底。那里有一个他早就钉好的铁钩。黄汉全摸索着将麻袋钩到铁钩上，再露出水面，爬回船上。

老伴儿怔怔地望着他，说：“行啊，都这么大岁数了。”

黄汉全呵呵一笑，说：“这叫宝刀未老！”边说边把老伴儿拥进了船舱。

老伴儿说：“别老不正经！我问你，打起来的鱼，放哪儿？”

黄汉全朝船舷外面指了指，老伴儿立马就心领神会。他是要用同样的办法，将装鱼的鱼兜下到船底去呢。

黄汉全从小水性好，一年365天，有一半的时间是泡在水里长大的。特别是钻“咪咕头儿”，从河这边到河对岸，两三百米的距离，一头扎下去，中间顶多冒起来换两次气。

这好水性，有一次，还派上了大用场。那是他刚来到新县城不久，他和老伴儿正忙着下网，却听到不远处有人拼了命地叫喊：“救命啊！快来人哪，有人落水啦！”黄汉全抬眼一望，叫喊声那边，一条渔船正在河心晃来荡去。船上一个女人，呼天抢地，手忙脚乱个不停。

黄汉全二话不说，一个纵身，就下到水里。他知道，如果划船过去，肯定没有自己游得快。人很快就被他救了起来，是个四十来岁的中年人。黄汉全不明白，在河上打鱼的人，水性方面，怎么说都有两下子，怎么就需要旁人来搭救呢？一问，才恍然大悟，原来中年人和他老婆，也是老婆负责开船，他负责下网。谁知，那天下网时，船到了河中间，原本掌在手心的铁锚，也不知道怎么回事，竟然把裤腰带钩住了。铁锚把裤腰带钩住，本来也不是多大个事，事就出在，中年人一个不小心，下网时顺带着把铁锚也下到了水里。于是，一个趔趄，就栽了下去。那铁锚是个多重的家伙什呀，直接连人带网，往河底下沉。中年人刚开始也没慌，赶紧去取腰带上的铁锚，想把它摘下来。但是，人毕竟在水里，行动不方便，加上铁锚又那么重，只扑腾几下，就没了劲儿。

黄汉全想，要说宝刀未老，那次，才真叫宝刀未老呢。

老伴儿看他在出神，用手戳了一下他额头，不无忧虑地说："万一，被抓到了呢？"黄汉全半天没作声，忽然长叹一口气，说："有什么办法呢？万一被抓到，还不是该着！"

黄汉全在河上撒网的第三天，网铺在面前还没撒出去，远远的，就见巡逻艇飞快地从新县城方向冲了过来。没等黄汉全把网收起来，没进水里，藏到船底，巡逻艇已经到了眼前。当然，已经打上来的那百十来斤鱼，正四仰八叉地摆在舱里，有些已经放弃了挣扎，平静而绝望地等待生命终结；有些还在进行垂死一搏，不甘地张嘴瞪眼，仿佛只要留得一口气在，就有再次翻身入河的机会。如果巡逻艇来得再晚一些，它们确实是有这样的机会的。黄汉全只等撒下最后一网，就会将它们网进鱼兜，挂到船底的铁钩上去。生命纵然也只多残喘了几个时辰，但这世间的哪一个活物，不是这样呢？哪怕能多活一秒，也没有谁愿意放弃。几个时辰之后，不等天亮，黄汉全就会同以前的老主顾电话联系，由老伴儿开着三轮车，将鱼一一给他们送过去。这样目标分散，不容易露馅儿。不像以前那些买鱼的，全到渡口来扎堆，一眼就暴露了。那些喜欢吃鱼的，好不容易能买到新鲜的河鱼，嘴巴自然也就被鱼塞满，不会打胡乱说。

黄汉全本以为，他的计划天衣无缝。可谁承想，这么快就泡汤了。他想不明白这到底是为什么。你说是有人举报吧，他这周围，一天到晚连个鬼影都懒得挨过来，谁知道他会在半夜三更打鱼呢？就算有人猜到他会这么干，但那些巡逻的，也不会把时间掐得这么准，正在他撒网之际，就风急火燎地赶过来呀。

可，如果不是被举报，他们又是怎么知道的呢？

巡逻艇靠过来，河里的水就一漾一漾，他的打鱼船也跟着一漾一漾起来。黄汉全就有一种从未体验过的感受，有点像地动山摇，也有点像翻江倒海。艇上跨过来两个人，打头的看起来四十多岁，后面跟着的那个，大约在三十上下。四十多岁的一过来，就说："老哥，你胆子真够大哈，十年禁渔令，你以为是闹着玩的吗？"恍惚的夜光中，黄汉全朝那人瞟了一眼。他这一瞟，本来只也是本能的一瞟，没有什么特别的意思。就好像，有人朝你甩过来一拳，你立马就会朝那人望过去一样。但这一瞟，却让他心里"咯噔"一下，冒出一股别样的滋味来。

黄汉全把胸脯挺得直直的，虽然都六十出头了，但身板依然是坚挺的、宽阔的，毫不拖泥带水的。他冷冷地回道："抓也抓到了，怎么处置，随便你们。"那气势，真有点像在刑场上最容易听到的那句："二十年后，咱又是一条好汉。"好汉不好汉现在姑且不说，但罚款多半挨定了。

四十出头的中年人说："老哥你先别急。我们这么快过来，其实也是为你好。"

黄汉全把胸脯挺得更直了，头也不回地说："你这说法可真有意思。你们要罚我的款，还可以说成是为我好！"

中年人说："老哥，我们都是打鱼出身，披这身衣服之前，我们跟你一样，都是在这起早贪黑，靠河吃饭的。我们这么快过来，肯定是为你好。想必你也知道，违禁罚款，都是按打鱼的实际斤两来计算的。你打的鱼越多，挨的罚款就越多呀。让你再多打一段时间，只怕把你家的老本都吐出来还不够罚呢。"

黄汉全虽然也认同这个理，但心里还是不服气，揶揄说："哦，我明白了。看来当初我救你上来，确实是救对了。你还懂得知恩图报，不想让我多罚。”心里却道，罚不罚还不是你一句话？今天，我就看你怎么办！

黄汉全早已认出，眼前这个巡逻队员，其实就是当初被他救起来的中年渔民。只是，黄汉全不知道，中年渔民也早就清楚，他要来巡查的对象，就是他曾经的救命恩人。

中年人没有被黄汉全的话刺激得慌了阵脚，只嘿嘿一笑，说："老哥的救命之恩，终生不忘。我们今天过来，也不是要罚款……"话没说完，旁边那个巡逻队员就着急地拼命递眼色，还"嗯嗯啊啊"个没完。那意思中年人其实是懂的：你怎么能擅作主张呢？我们过来不是为罚款，难道是为了喝西北风？只不过碍于脸面，不好当面戳穿。中年人不管他，好像根本没有这个人似的。

中年人说："老哥，今天我们来，主要是提醒你，以后不要再在河里打鱼了。你可能还不知道，这几天沿河两岸都安了监控。你在河上的一举一动，我们都看得清清楚楚呢。你这算是初犯，警告一下就可以了。"

两个人回到巡逻艇上。巡逻艇一溜烟，向新县城方向呼啸而去。夜风中，中年人不等同事发难，先开口道："我知道你们要说什么。罚不罚款不是我们说了算。办公室里的大屏幕上，不光老哥夫妇，就是我们几个，他们也看得清清楚楚呢。其实，去巡查之前我都想好了，我知道我们要去查的是谁。我早就打定了主意，他那点罚款，本来也不多，我帮他缴！"

黄汉全只当巡逻艇确实只是来警告一下他的。罚款没挨着，不但没有让他喜出望外，反而令他更加忧心忡忡。不打鱼，他到底靠什么去还房贷呢？儿子在外面打工，本来就不容易，总不至于让他们自己去还吧？如果那样，他们肯定不会为父亲帮他们买了新房而感激，反而会因为凭空多出来的还贷压力而不堪重负。

那些天，黄汉全明显消瘦了。老伴儿在一旁也只有干着急。除了悄悄抹几把眼泪，她还能做什么呢？

眼看着儿子说好的回家结婚的日子一天天临近，黄汉全一会儿觉得自己就像热锅上的蚂蚁，一会儿又好像突然掉进了黑咕隆咚的冰窟窿。终于有一天，他病倒了，高烧不断。

黄汉全躺在他的自用船里，老伴儿一遍又一遍，用湿毛巾将他浑身上下擦个不停。老伴儿心头，就像被谁剐去了一块肉，一边擦，一边想，曾经那么健壮一个人，如今，是真的老了。

这时候，黄汉全的老人机响了。老人机一响，他的心头就猛地一紧。他拿起电话一看，果然又是儿子打来的。曾经，他是那么渴盼儿子打电话回来，十天半个月听不到儿子的声音，他就觉得活着没意思。可如今，只看了一眼儿子的来电，他就觉得手里像握着烧红的烙铁似的。

但他还是得接这个电话，毕竟，电话那头，是与他虽相隔千里，却血脉相连的儿子。

儿子的声音有些哽咽。但也只是哽咽，就好像，哽咽了一下，又活生生将那“哽咽”吞进了肚皮。

儿子在那头说：“爸，我暂时不打算回去了。”

黄汉全一个激灵，翻身爬起，不相信地问：“你说什么？”

儿子又重复了一遍。这次，语气平静了许多，似乎，黄汉全还看见儿子脸上浮出了笑意。儿子说：“爸，我暂时不打算回去了。结婚的事，以后再说吧——我那个女朋友，吹了！”

黄汉全说不清这时候是种什么感觉。说轻松，好像是，因为如果儿子不结婚，他就完全可以把房子卖了。房子都没有了，所有关于房贷的烦恼，自然迎刃而解。但这轻松上面，又好像压着千钧重担。儿子都三十好几的人了，再不结婚，挨到何年何月才是个头呢？

这时候，他的眼前没来由地又出现了曾经用来打鱼的三层刺网。

鱼儿们像梭子一样在河道里穿行，自由自在，无拘无束。可下一秒，只一瞬，只一刹那，就一头闯进了刺网里……

那一瞬，那一刹那，黄汉全就觉得，自己又何尝不是一尾无头无脑就闯进了刺网的鱼呢？

（原载于《当代小说》2022 年第 7 期）

相亲

范老娘把相亲的地点选在公共厕所，是从多方面考虑的结果。

她一年 365 天，除了过年可以耍几天，其他时候，得天天上班，根本没有放假一说。没办法，她这个工作性质，就是一个萝卜一个坑。你不把坑占着，别人就会来填。别人一填，你就只有“望水鸭子”（喝西北风）的份了。

范老娘的工作岗位，就是公共厕所。

所以，在公共厕所相亲，其实是她利用职务之便，谋了点个人私利。

她当然也有下班的时候，她当然也可以与女方商量，在下班之后，选一个更为合适的地方见面。可那样一来，事情就会变得更麻烦。这一段路，虽然繁花似锦，风景怡人，但公交车还没通，他们也没有自己的交通工具——连个代步的自行车都没有，即便有，他们也不会骑。果真要进城找个地方见面，一去一来，费时不说，还费钱。在城里，你随便去哪家店，不给钱，谁让你坐呀？更何况，你一坐，还不是一时半会儿能了结的事。

相亲这种事，就像熬粥，急不得，得慢慢来。

你眉来，我眼去，相互之间对上眼了，才算大功告成。

还有一个更重要的原因，媒人。媒人是儿子的工友。她是乘着来上班，顺便把女方带过来。女方离她家不远，算邻居。你要她在工时之外，另找地方去陪同，恐怕也不是张嘴就来这么简单。

女方过来，大家一见面，都有点意外。

虽然媒人已经把范老娘和她儿子的情况说透：范老娘平时

主要负责公共厕所的卫生，随时要保持公共厕所的干净清洁。她儿子呢，就在护岸公园里打零工。虽说是零工，却是可以天天干活的那种。偌大个护岸公园，围绕花花草草，总有干不完的活。因为公共厕所是公园的公共厕所，公园就在公共厕所的四周围，所以范老娘和她儿子，其实是在同一处地点工作。也因此，他们母子可以相互照顾，相依为命。

但女方没有料到的是，他们相互照顾、相依为命的程度竟然如此之高：范老娘把厕所背面的工具间打理得井井有条，虽然很狭窄，但吃穿住用，一应俱全。特别是床铺，她特意换成了高低床，她腿脚不灵便，睡下铺，儿子人年轻，身体结实，爬上爬下不费力，睡上铺。

他们俨然把这里当成了他们的家。

公园管理处肯定了解他们的实际情况，算默许了。

她儿子看起来是个老实人，不多言不多语。穿一身类似于退伍军人穿的那种橄榄绿衣裤，只不过磨损有点厉害，掉色很多。身材敦敦实实，走起路来虎虎生风。圆圆的脸，可能因为常年暴露在紫外线下，也显得紫红紫红的。他们刚一见面，她还以为他是因为她而羞红了脸。直到她发现，他的脸始终是那种“羞红”的颜色，才幡然醒悟，那不过是一张劳作的脸。

也可能，劳作的颜色太深太浓，以至于，羞不羞，都看不出来了。

女方是有些心动的。

见面还没多大一会儿，范老娘说：“人你也看到了，他就是这么个憨样。”

女方说：“人老实点好。”

范老娘说：“不只老实。我也不想瞒你，他这个人，什么都好，就是脑子不太好使。”

女方心里说，好像也看不出来什么呀。嘴上却道：“脑子太好使，就成滑头滑脑了。”

范老娘看女方好像脑子也缺一根筋，自己拐弯抹角说的话，她就是听不懂，只好挑明了说：“我怀他的时候，吃过‘打药’，结果没‘打’掉。生下来，看起来什么都正常，就是学东西不行。刚教他的数字，一转身就忘。学了几年，老师拿他也没有办法，只好退学了。”

女方沉默了一阵，说：“旧社会那么多文盲，也是要成家的。”

“可是，他连钱都不认得。”

“下力人，有力气就好。”

“就说现在吧，他只会干点锄草扫地的活，让他栽种‘打窝子’都不会。不是挨得太近，就是离得太远。”

“还是能背能抬吧？”

范老娘没有理会她，只管自说自话：“他连手机号码都不认识。以前别人也给他介绍过对象，人家朝他拿号码，他连手机都没有。别人给他留号码，让他记下，可是他连号码是什么都不知道。”

女方渐渐有些纳闷了。按范老娘这样说来，她儿子不就是个白痴吗？她搞不懂，别人家当妈的，总要夸自己儿子好，生怕女方看不起。这个当妈的，为什么要一直不停地说她儿子的不是呢？

他们，是来相亲的吗？

突然，有那么隐隐的一丝，也就那么隐隐的一丝闪念，她好像明白了什么。哦，多半是他们看不上自己，想让自己知难而退。至少，是这个范老娘看不上。她不好意思说自己的不是，只好千方百计说她儿子的不是了。

也是，看看自己这个样，他们看不上，也在情理之中。

她到底是个什么样呢？

在范老娘眼中，她其实是个非常不错的女子。人年轻，才二十五六的样子，比儿子要小好几岁，模样俊俏，性格开朗。跟这种人打交道，特别是，跟这种人在一个屋檐下生活，直来直去，简单，不费劲。

如果一定要说一点不足，那就是她那两个孩子了。虽说媒人早前也介绍过，女方男人因为出车祸去世，考虑到对两个孩子的抚养更有利，希望去她们家上门，但她居然背上背一个，手里牵一个，直接就奔来相亲，还是有点让人吃惊。

这拖儿带女的，哪像是来相亲，倒像是回娘家来了。

好在她性格开朗，有什么说什么，没有什么，找点什么也要说。所以，虽然才第一次见面，范老娘和她你一句，我一句，倒也不显得冷场。范老娘儿子坐在长板凳上，一言不发。他本就是这样沉默的性格，媒人早前已跟她交代过。但她有一种感觉，那颗圆溜溜的脑袋不是低垂着，就是故意朝别处转着，目光却时不时往这边瞟过来。说是瞟，其实就是那种有意无意地扫一眼，刚刚和她的目光相对，又怕冷似的赶紧缩回去。

媒人本以为会做一回当之无愧的主角，至少也要她继续穿针引线吧，却不料范老娘和女方一见面，就自顾自你来我往，像太极推手一样“切磋”起来。倒把她这个媒人撇在一旁，像个没事人一样。自觉无趣，欲将女子手中三岁的孩子拉过来，让她们俩尽情地说去。不料孩子死活不肯过来，生拉硬拽，竟然哭了。心想，一番好意竟成了驴肝肺。好歹得收场，只好赶紧掏出手机，点开抖音。想必，只有那些花花绿绿的画面，哼哼腔腔的调调才能成为天然的“止哭机”。

范老娘虽然对女子把两个孩子一起带来相亲，感到大为诧异，但转念一想，也未必不是一件好事。至少，她跟自己一样，都不是那种藏着掖着的人。儿子要找的，就得是这种人。倘若对方果真喜欢耍花花肠子，凭儿子那颗跑马场一样的脑壳，怎么可能对付得了。

什么都满意，就只有一样，儿子去上门，就得在别人家当牛做马。苦不苦倒在其次，他这个样子，关键是要有人疼。可是，她都有两个孩子需要她去疼了，还有精力来疼这个来上门的男人吗？

范老娘对儿子理想的婚姻设计是，女方单身，哪怕有点残疾都无所谓。只要脑子好使，别像儿子一样像个“白冒壳”（智力障碍者）。你拿十块钱让他去理发，结果他就把十块钱全给了理发店，要知道，她每次带他去，只需要五块钱呢。他认不得钱，自然也不知道要向店家找补。女方应当且必须是他们家的主心骨，儿子浑身是力气，除了精细一点的活干不了，什么脏活累活都不在话下。只要女方会安排，会使唤，一个出力气，一个出主意，两个人日子再差，也差不到哪里去。

说起来，他们相亲的地点在公共厕所，实际上，也没有想象中那么不堪。首先，公共厕所在长江边，放眼望去，山清水秀，风景如画，本来就十分迷人，再加上县城处于长江与小江的两江交汇处，县里正着力打造两江护岸公园，从长江边的复兴到小江边的黄石，三十八里，全程绿化，加之绿化带中玉树临风、繁花似锦、草木繁盛。人置其间，不说天上宫阙，至少也是人间仙境。其次，就公共厕所本身而言，也超凡脱俗，与一般意义上的厕所大相径庭。远远望去，就是一处造型独特、神采飞扬、极具美感的现代建筑。可以毫不夸张地说，除了它的功能之外，其他一切，都不愧为公园里别致的景观，不愧为景中之景。

公园里的公共厕所很多，每隔一定距离，就设有一处。范老娘所在的公共厕所，离复兴不远，却在县城的边缘去了，又因为护岸公园还没完工，各种配套设施不完善，交通相对不便。但这并不影响人们前来观瞻游玩的好心情。每至周末，车位爆满，人群如织。有的拖家带口，有的独自逡巡，有的在自拍中孤芳自赏，有的在山水里如醉如痴，总之是，各得其所，兴尽而归。

人一多，厕所利用率就高。所以，范老娘真正忙碌的时间是周末。人去一趟，来一趟，大多数都懂得“上前一小步，文明一大步”，或者“来也匆匆，去也冲冲”，但总有那么一小撮，脱离不了原始的本性，一进厕所，就如同进了他家的自留地，要拉要撒，率性而为，至于其他，全然不管不顾。

媒人带女子过来相亲那天，是个周三的下午。该上班的都在上班，没上班的，要出来溜达，也还没到时间。若在平时，人渐渐多起来，通常要在晚饭后。所以四周围静悄悄的。

好一个静谧恬适的下午。

真正拣了个相亲的好时候！

媒人坐了一会儿，觉得自己就像个多余的人，在范老娘和女子中间，想要插进去一句，都相当困难。但好歹自己是媒人，再怎么难熬，也得忍。倒是范老娘的儿子，慢慢由拘谨变得松懈，然后就泰然怡然起来。

所有难题都交由母亲去解决，他不泰然怡然，也难。

范老娘说："我这个儿子，命苦，也命大。"

女子说："哦？这话怎么说？"

范老娘说："我刚才只说了一半，怀他到六个月，不想要了，吃'打药'，结果没打下来。后半截还有：三岁那年发高烧，他哥哥拿来酒精给他擦身子，直到他全身起了馒头大的水泡，才发现哥哥拿来的，不是酒精，是敌敌畏！赶紧抱去看赤脚医生，捡回一条命。到了七岁，跟同学去水库游泳，同学淹死了两个，他却一点事没有。不但自己没事，还救回一个刚落水的小姑娘。十八岁，本打算到他哥哥上班的工地去帮忙，睡到半夜，哥哥忽听到咚的一声，吓得翻身爬起来，再一看，弟弟不见了。赶紧往楼下跑。整整三层楼哇，哥哥刚跑到楼下，他就摇摇晃晃地站了起来，屁事没有。原来，他夜里起来上厕所，不熟悉路，直接从没加护栏的阳台上掉了下去。前几年，他到广州一个同乡那里帮忙，满车的钢筋呢，正准备往下卸，也不知怎么搞的，才拖出其中一根，稀里哗啦一阵响，钢筋就像洪水一样泄到他身上。都以为人没了。结果，把堆得像小山一样的钢筋一根根搬开，他竟然又奇怪般地站了起来。除了胳膊有点擦伤，全身上下，连一根汗毛都没掉。你说，他命大不大？"

女子认真听了，感慨道："确实是命大。不过，人们常说，大难不死，必有后福。他是福分还没到呢，必得经受些磨难。"

范老娘心想，这话我爱听。她的意思是不是，她一来，我儿子的福分就到了呢？

女子又说：“被他救起来的那个小姑娘，如今也成了大姑娘了。”

范老娘若有所思道：“也是。也不知道人家现在活在哪方天底下。在路上迎面相撞，也不见得认得出。话又说回来，就算认得出，又能怎么样呢？”

两个人，就这样你一言、我一语地闲聊着。看似闲聊，其实各自的心里，都在不断地审察、揣摩，看各自的脾性，是否跟自己这一边符合。范老娘说这些话，无非是想让对方明白，她儿子就是只打不死的“小强”，命虽大，却毕竟吃了那么多苦，两个人若真能走到一起，一定要善待他。范老娘的这些话，在女子听来，又有另一层含义，命大是褒扬，自己命大，还能救人一命，就是真正的美德了。她说了那么一大堆儿子的不是，现在终于说了一点好的，这是不是表明，她先前要以此为借口，把她推得远远的，现在态度又变了，打算同意这门婚事呢？

他们所在的位置，是这座特殊建筑的中部，一个十分宽敞的过道。过道宽约六米，中间摆满了锄草机、摩托车、自行车，以及一些铲刀、锄头、扫帚或电动器具。几乎都是公园的工人们暂留在这里的，还没来得及派上用场。也就是说，过道虽宽，实际上真用来做过道的，只有窄窄的一溜。范老娘所住工具间的门面向过道，它的后背才是真正的“公共厕所”。右边是管理间，平常工人们来上班，都需要在这里记工。工多工少，都被一个胖胖的女人记在记工簿上，到了月底，统一结账。有一些离家远的，自己又不会骑车，就会早上带些吃食，上午下了班，借范老娘或管理间的锅灶热一热，算作午饭。这样，既节约了时间，又节省了体力，为下午继续劳作打好基础。过道的那一边，一间是库房，一间是小卖部。目前都空着。

几个人坐在过道里，范老娘和女子充当主角，范老娘儿子和媒人倒成了看客，搭起的相亲这台戏，貌似配合得也还天衣无缝。说到后来，觉得该说的也都说尽了，言语少下来，气氛就有点尬。相互都在想，今天是不是该到此为止啦？

正在这时，范老娘听到公共厕所那边传来一阵异响。她心中咯噔一声，唉，肯定又是有人喝多了。正在吐呢。

范老娘起身。儿子跟着起身。

范老娘对女子和媒人说："我们过去看看，你们先坐会儿。"

到了背面，一个年轻女子正扑在盥洗池上面，刮肠刮肚地吐。吐一阵，歇下来，哭一阵。哭到中途，忍不住，又一阵刮肠刮肚地吐。地上也满是污秽，恶臭一股股扑面而来。

这种场面，范老娘这几年见多了。女子这个样，不用说，肯定又是在情场上失了意，不是被男朋友甩了，就是被男人离了，一个人跑到公园喝闷酒。总之是，一个受伤的女人。唉！范老娘过来，是要等年轻女子吐完了，走了人，及时把那些呕吐物清理干净。儿子跟过来，是要防备，万一这个人喝得人事不省，他得搭把手，把人挪出去。

范老娘拿块抹布，慢吞吞的，这儿抹一下，那儿擦一下，与年轻女子保持着适当距离，磨蹭着。她既不能离她太近，让她产生误会，以为她有什么图谋；又不能离她太远——如果她真的喝麻了，她得随时预备着，叫儿子过来帮忙。

女子把头埋在盥洗盆里，但没用，她没办法用水让自己头脑清醒。厕所的水龙头不像家用，都是来一股就停，来一股又停，像前列腺肿大的男人小解一般。

范老娘儿子拿把扫帚，假装在外面扫地。唰！唰！唰！

年轻女子许是哭够了，吐完了，终于消停下来。

两个人的心都开始松懈，以为这个事，就这么完结了。

可是，谁也没想到，范老娘正准备清扫地上那些污秽的时候，年轻女子突然抬起头来，一张被仇恨填满而显得狰狞可怕的脸，一双血红得仿佛要暴凸出来的眼，一头散乱而肮脏的鬈发，就像是，一个闭关修行多时，突然破关而出，却走火入魔的女魔头，要与她面前的这个世界决一死战的样子。

年轻女子大喊一声："我不活了！"然后，就像一股龙卷风，嗖地刮出了厕所门。

正在门外假装扫地的范老娘儿子，一看大事不妙，赶紧把扫帚往地上一扔，跟着女子追了上去。

年轻女子越过厕所外面的花圃，穿过人行便道，翻过栅栏，一溜烟，就到了江边！范老娘儿子毕竟身强力壮，跑起来，就如离弦的箭一般。女子刚到江边，他已先行一步，超过她，到了她前面。不等她有更进一步动作，只见他纵身一跃，直接就跳进了长江！江面上溅起一团水花，像睡莲一般，向四周徐徐铺展。也不见他挣扎，也不见他拍打水面喊"救命"，一个活生生的大男人，就像块从天而降的巨石，咚的一声，砸向江面，然后，就不见了。

女子傻愣着立在江边。她完全搞不懂状况，不知道刚才到底发生了什么，或者刚才发生的什么，到底是因为什么。水面的波纹渐渐平复，又静得像一面明镜似的。就好像，她看到的一切，不过是她这段时间以来的又一个幻觉。

但她终于清醒过来。

她清醒过来，第一时间，开始大声呼喊："快来人哪！有人跳江啦！快来人哪，救命啊！"

媒人和她带来相亲的女子，在范老娘儿子追赶年轻女子时，早已跟了过去。虽然不知道到底发生了什么，但他们料定，今天有一场热闹要看了。可是，他们谁也没想到，他们要看的热闹，居然是范老娘儿子扑通一声，跳了江！

媒人的脸吓得煞白，哆嗦着转过身，对范老娘说："这……这……这……你儿子，果然脑子不好使呀？平时，也没见这么严重啊？"

女子背上的孩子经过一番颠来簸去，早惊醒了，只顾没来由地哇哇大哭。手里牵着的那一个，挣脱了他妈的手，倒先跑到前面去了。只把他妈扔在后面，先是跟大家一样怀揣着好奇心，想要探个究竟，直到看男的跳了江，又疑窦顿生：这一男一女之间，难道，还有什么故事？

再看范老娘，却是一副不慌不忙的样子。范老娘说："你们别担心！你们往那边看！"边说，边用手指了指右前方。大家顺着她手指的方向看过去，更是惊出一身冷汗。原来，大约二十米开外，范老娘儿子正湿淋淋地从水里钻出来，爬到江边一棵巨大的黄桷树下。大家都在心里说，好在盛夏刚过去不久，衣裤都比较单薄，若是冬天，一身棉衣棉裤，怕早沉了江底喂鱼了。

范老娘说："他这个样子，我见过两三回了。每次碰到有人寻短见，他比那人跑得还快。一个猛子，就扎了下去。唉，我都见怪不怪了。”

媒人还是不明白，说：“他为什么要跳江？”

来相亲的女子也说：“他跳了江，为什么又要爬起来？”

范老娘说：“我刚才只说他在七岁那年就把人家小姑娘救起来了，没有说，那是因为他水性特别好。他小时候在堰塘洗澡，浮在水面，手脚不动也不会往下沉。下到水里，闭气三五分钟，那是家常便饭。”

正要再往下说，却见那个欲跳江轻生的女子走过来。这时候范老娘才发现，脸上没了仇怨的年轻女子，虽然一脸慌张，头发凌乱，衣衫不整，却还是有几分姿色的。

女子走过来，脸上的惊恐之色也渐渐消退了。

女子说：“我知道他为什么要跳江。他是不想让我跳江才跳的。”

媒人和背着孩子的女子一时没听明白，愣在那里，不知该不该作答、如何作答。

范老娘说：“姑娘是个聪明人。以后别再做这样的傻事了。他之所以要跳江，就是要让寻短见的人，亲眼见识到跳江的可怕。人一下去，就没了。人都没了，你再想爱谁、恨谁，都不能了。不值呀！不过，他也就是演演戏，不可能真陪你一起去见阎王的。”

来相亲的女子忽然就有一种豁然开朗的感觉。她想，这个男人也真是傻，要救人，你也得等人家跳下去再救哇。人家都还没跳呢，你倒先跳了，万一真把自己的命搭进去，那才叫不值呢。

她却想不到，如果这次相亲不成功，男人不告诉她，她可能永远也不会明白，范老娘儿子之所以这么做，是有他的一套行为逻辑的：与其等人家跳下去，再去救，白白增加两个人丧命的风险——毕竟，在水里，特别是在对方不配合的情况下，要将一百多斤拉扯上岸，绝不是一件简单轻松的事，那还不如自己先跳下去，把岸上那个人震慑住，就好了。反正自己水性好，一个“咪咕头儿”（潜泳），又上了岸。

先前欲轻生的女子临别时，说：“大哥可不可以把电话号码留一个？”

范老娘儿子已换了身干衣服，还是闷在那里，不多言不多语，就好像，他根本就没有听到别人的请求似的。脸膛依旧是紫红紫红的，因为刚从水里起来不久，多了层光亮光亮的感觉，又好像，别人的请求他是听到了的，只不过，他实在不好意思应答。

相亲的女子打破沉默，应声道：“他连数字都不认识、手机都不会用，哪里来的号码呀！”

（原载于《太湖》2022 年第 2 期）

清水谣

令程中书的老婆怎么都想不通的是，程中书，这个吊儿郎当、仿佛一天到晚都没点正经的家伙，竟然会被选为村支书。

当然，想不通的不仅是程中书的老婆，这个已经五十开外、在程中书口中还一直被叫作“幺妹”的农村妇女，包括清水乡所有认识他们夫妻俩的乡民们，都想不通：这么天大的好事，黄幺妹居然差点就给她老公搅黄了。黄幺妹找到乡党委书记，是这样说的：“程中书怎么能‘当官儿’？我要你们把他的村支书免了！”

书记也是个女人。两个女人见过面，都认得。书记显然没料到黄幺妹会提这么个要求，说：“嫂子快不要说气话。程支书是选起来的，他又没犯什么错，怎么能说免就把人家给免了呢？况且，现在正是乡村振兴的重要时期，他作为乡里少有的专业人才，完全可以为大家发挥更大的作用嘛。你作为家属，不但要理解，更要支持才对！”

黄幺妹在乡党委书记那里碰了一鼻子灰，愿望没达成，心里并不好受。其实，书记讲的那些道理，她不是不懂，也不是不理解。但是，只要一想到程中书从此留在家里的时间会更少，她心里就堵得慌。她在心里愤愤地道：“好！书记不是说了吗？只要你犯了错，就可以免了你！那从现在开始，我就要找到你犯错的证据！”

其实，在清水乡，在竹台村，程中书这个名字，的确是跟几分怪异甚至怪诞联系在一起的。先说这个人的形象。最明显的特征就是他那光溜溜的、寸草不生的圆脑袋。脑袋挺圆，脸颊却自上而下，逐级变窄，到了下巴处，就成了尖尖的一小撮。放眼望去，活像只倒挂在空中的咸鸭蛋。又因为鸭蛋煮在锅里，水烧干了，蛋壳烧焦了，成了黑不溜秋的一团。你说像黑脸包公吧，又没有那么气定神闲、字正腔圆；你说刚从煤窑里出来吧，怎么洗，也无法把脸上的“煤渣”洗干净。可是，就是这么个似乎永远都脏兮兮、想爱干净又一辈子都爱不起来的家伙，却天生一副好嗓门。无论往哪家的闺房或者小媳妇儿的门前站下，嗓子一清，张口就来：

清早起来把床下，
手拿梳子梳头发。
前头梳起一匹瓦，
后头梳起燕尾巴，
梳起盘龙插鲜花。

这是对女孩子的溢美之词。他那高亢、清脆、明亮的嗓音，唱出来的歌谣，就像洁净的天空中飞过的雁群，空灵而美妙，旷达而神秘。谁听到这样的歌声，不会怦然心动呢？

黄幺妹承认，她当初就是被他的歌声所吸引，才嫁给他的。可是，自从进了程家门，她又反为他的歌声所困扰、所神伤。这么多年过来，在家里累点苦点，都不算什么。可一想到他出去就是和别的女人一起对山歌，她就憋得慌。

不仅在黄幺妹心里，甚至在整个清水乡，很长时间以来，没有几个不认为，程中书，其实就是“不务正业”的代名词。说来也怪，这个男人近些年来仿佛越来越吃香，居然成了什么“薅草锣鼓非物质文化遗产代表性传承人”。黄幺妹这才明白，她老公程中书，如今真成了个人物。

成了“人物”的程中书，还是把他所有的精力，都放在了山歌上。白天在唱，晚上在唱，不同的只是，今天唱的是山歌，明天可能唱的是孝歌，今天在这里唱，明天又可能转场到那里唱。

但只要一唱，跟他对歌的，肯定还是女孩子！

黄幺妹想要找到程中书“犯错”的证据，颇费了一番心思。

年轻时，程中书唱山歌纯属个人爱好，对着心仪的人或事，忍不住就吼几声，精气神实在太足，就扯开嗓门再多吼几声。顶多就是让旁边的人觉得，不管认识不认识，对着女孩子就来那么几嗓子，还是有点“伤风化”。后来，他将个人爱好转化为为村民服务，这家要娶亲嫁女，那家要出殡上山，他就带着他的歌唱班子，这里唱一天，那里唱一晚。虽然有时候整晚整晚不回家，但哪家真在做红白喜事，当地人都清清楚楚，想在老婆面前撒谎都撒不起来。

事情就是从程中书当了村支书以后，变得复杂起来的。

程中书当了支书，思想站位自然就高了，动不动就在黄幺妹面前这样勾画他的治村蓝图：“乡村振兴，其实最重要的还是文化振兴。文化振兴，这是我们竹台村的强项呢。”那言外之意，就差没有直接点他程中书的名，他可是在全市都排得上号的“文化人”呢。知名度这么高的文化人，要搞文化振兴，那还不是小菜一碟？“所以，以后哇，我们不能把眼光仅仅停留在‘婚丧嫁娶’这些小打小闹上，我们有很多事可以做，比如，我们可以跟农家乐合作，去现场为游客表演，可以跟龙缸景区协商，将山歌带进景区，如果游客正在这边游玩，对面山上就有我们的人吼起山歌，那会是一幅多么美妙的场景！”

说者无意，听者有心。程中书这些看似激荡人心的打算，在黄幺妹听来，却别有一番滋味在心头。她想，他工作上的事，干吗非要在她一个女人家面前不停唠叨？这难道不是别有用心？在她看来，他无非就是要用这个弯来拐去的方式告诉她：以后哇，他要去唱歌的地方更多，神出鬼没，千变万化。她就不要像从前那样，老想着他在哪里了。

可是，他越是这样说，她越是不放心。

以前他到外面，还知道有个确切的去处，现在，连个去处都搞不清楚。这不就是说，他真要跟个女人怎么的，也只有天知、地知、他知，以及那个女人知吗？

虽然她是个傻女人，但傻也有傻的办法。比如这一次，她等程中书前脚刚出门，后面，她的电动车就远远地尾随了上去。

到了一处农家乐，天色已晚。

程中书一会儿就钻进了人群。地坝上围拢的人不少。前面一些人坐着，后面一些人站着，无论坐着的，还是站着的，个个都抻长脖子，只等好戏尽快出台。

黄幺妹远远地在路边停下，支起电动车。然后打个甩手，就跟了过去。黄幺妹到了地坝外缘，也抻长脖子往前面看。

没有程中书的影子。

黄幺妹心里忽然就涌起一阵凄惶感。

说不清为什么，她径直就往屋里走去。

穿过大堂，左侧一条走廊，入口处上书“洗手间”三个黄底红字。才到“洗手间”下面，一抬眼，只见一对男女，分别立于走廊两边，女的两臂外伸，正在脱上衣，男的单腿站立，歪歪倒倒的样子，原来是在穿裤子。

黄幺妹只觉眼前一黑，差点栽倒在地。但她还是稳住了。只听身后传来程中书急切的声音："幺妹，你别走。不是你想的那样……"

黄幺妹飞快地跑到地坝边，一时间悲愤交加，先前还努力忍着，这时候离开人群，实在忍不住了，任凭大颗大颗的泪珠，串起来，像屋檐下的雨帘似的，刹那间就把一双无辜的眼给迷蒙住了。

一切的怀疑都得到了印证。

几十年来，她真的就像个傻子一样，一直被蒙在鼓里。

她想尽快逃离这个是非之地、恶心之地。但是，当她走到电动车旁时，一个声音在耳边愤愤地道："凭什么？凭什么就这样算啦？犯错的不是你！你为什么要这样灰溜溜地走掉？不！你一定要让真正犯错的人付出代价！"

黄幺妹折转身，回到地坝边，站在人群的最后面。

演出终于开始了。也没有正正经经的舞台，不过就是在楼前的大门口，空出一块地，地上铺开一块红地毯。她已经没有心思去关注那男的，只把所有注意力都放到女的身上。女的当然也认得，都是一个村的人，抬头不见低头见。平时也没见她怎么惹眼，可身上的打头一换，光鲜亮丽的土家服装一穿上，整个人就好像完全变了，就像刚从画里走出来似的。

难怪老公会动心。是个男人，都会动心哪！

这不就是刚从山里跑出来祸乱人间的妖狐吗？

黄幺妹感觉，一股闷气憋在胸中，想吐都吐不出来。更要命的是，随着前面那一对男女，亮开嗓子一唱一和，那憋闷的气息，就像正在被打气的篮球，每听到一句唱词，就要向外鼓胀一下。

男的唱：

> 太阳当顶又当巢，
> 肚儿饿得像瓜瓢。
> 甑子还在高挂起，
> 粗板还在花篾条，
> 马上放工又还早。

还没唱罢呢，女的就迫不及待地和开了：

> 太阳当顶又当心，
> 粗板沥来甑子蒸。
> 心想留郎吃顿饭，
> 可惜旁人不开声，
> 眼泪汪汪送出门。

黄幺妹胸中的闷气已经被气枪一下一下，打得再也装不下了。每听到一句唱词，她的心，就像被钢针猛扎一下。她仿佛感觉，自己已经血肉模糊。

然后，人们就看到“台”上突然多出来一个人。再定睛一看，才看清是个女人。也不知这个女人是从什么地方钻出来的。反正是，女人一上“台”，直接就走到唱山歌的女的面前。不由分说，就搂抱在一起。

两个女人倒在地上。一会儿这个在上面，一会儿那个在下面。刚开始，人们还以为这是节目新加的桥段呢，正在想，唱歌是文戏，加上这么段武戏，是不是太突兀啦？

然后就听到那个唱山歌的男人大声喊：“不要打了，不要打了，再不住手，就出人命了！”

农家乐二楼一个小房间里，乡党委书记说：“你们今天这台戏，演得可真是好哇。”又回过头，对程中书说：“难得你安排得这么精心别致，的确不愧为我们清水响当当的非遗传承人！”书记说的是反话，句句是夸赞，句句又像芒刺一样扎着心。程中书听得懂。

原来，程中书把自己乡村文化振兴的宏伟蓝图一点一点向书记一汇报，书记就非常感兴趣，说：“这样，我们先从农家乐入手，你安排个时间，我去感受一下。如果这个形式能得到游客认可，乡里可以考虑普及。”

程中书怎么会想到，书记好不容易腾出时间来“感受”，水就被黄幺妹搅黄了呢？在外人面前出个洋相是小事，可文化振兴这样的大事如果因为他而就此被耽误，他不就成了竹台村甚至清水乡的罪人了吗？

书记把语气一换，对着黄幺妹和颜悦色地说：“幺妹你也是，有什么话不能私底下来说，非要闹到台上去？人家老公还在下面当观众呢，他一个大男人都放心自己的女人，你这么贤惠一个女人，怎么就不相信自己的男人呢？”

黄幺妹这时也冷静了许多，捋了捋一头散乱的头发，说：“谁让他们在走廊……”

话还没说完，女人的老公在一旁开口了。男人说：“幺妹，不是我说你，你仔细想想，他们真要有什么，也不可能在走廊啊。他们每一次演出，上台前都要换上我们土家族的民族服装。农家乐不是戏院，没有专门的后台，所以只能选个背静一点的地方……”

唱山歌的女人这时候也加入进来，说：“幺妹，虽然你把我脸都抓破了，但是我不怪你。我们都是女人，你的心，我懂。”女人停下来，将自己男人推到黄幺妹面前，半是戏谑半当真地说：“你看看我男人，跟你男人站一块儿，哪点不比他强？我就算要在外面找，也要找个比我男人强的呀！”

最后一句话，说得黄幺妹的心一下就软了下来。想想也是，年轻时候，那么多女子都被程中书的歌声所吸引，可是到头来，真正愿意进他家门的，还不是只有自己一个？他那个光头黑脸的样子，真要让如花似玉的女子看上，还真不容易。

黄幺妹的心慢慢平静下来。她想说几句歉疚的话，又有些不好意思。

书记看火候也差不多了，说：“今后哇，幺妹一定要多支持我们程支书。支持他，就是支持我们清水乡。乡里还有很多事需要他。比如，我们正考虑成立个广场山歌队，丰富群众的业余文化生活。我们还打算送‘非遗’进校园，从小对孩子们进行传统民间文化的培养和熏陶。另外，说不定哪个时候，我们还需要带程支书到县里，到市里，甚至到市外，跟其他的民间文化做交流……”

也不知从什么时候开始，包间里的气氛变得和缓起来。

唱山歌的女人竟然开起了玩笑，说：“幺妹，你要真不放心程支书，就学我老公，每次演出，你就跑来当观众！只不过，我山歌没程支书唱得好，你别笑话我！”

女人老公连连摆手，腼腆地笑笑，说：“我来当观众是假，当保镖是真。白天还好，大半夜的，一个女人走夜路回家，终归不放心。”

黄幺妹羞涩地瞥了老公一眼，说：“那我还是不来的好。我又不能当他的保镖。”

清水土家族乡是云阳县唯一的少数民族乡，自古以来，土家族人能歌善舞，特别是唱山歌，随便从人群中揪出几个，没有说谁不会来两句的。但黄幺妹是个例外，从小到大，她是真不会唱。她一直觉得，自己不是块唱山歌的料。但她喜欢听。正因为喜欢听，才不知不觉上了程中书这条“贼船”。几十年来，在程中书身边耳濡目染，其实好多调子、好多歌词，她也是熟稔于心。

近年来，清水乡境内的旅游业发展如火如荼，全县倾力打造出了闻名全国的5A级龙缸景区。与龙缸遥遥相望的清水湖，也是游客的常往之地。有一天，人们忽然间发现，以前深居简出的黄幺妹，动不动就喜欢骑着她的电动车，一个人往清水湖边跑。当然，发现只是发现，也没谁真把这个当回事。人家都几十岁的人，又不是小孩子，爱往哪儿跑就往哪儿跑，也不关别人什么事。

关于这点，就算是程中书，也被蒙在鼓里。他不知道，黄幺妹跑到清水湖边，不为别的，只为练山歌！

自从那次在农家乐闹出那么一场，黄幺妹就一直很羞愧。说到底，自己为什么会对老公疑神疑鬼，还不是因为不自信？如果自己也像那些女人一样会唱，老公的心还会往别处飞吗？

就算他想飞，她也能让甜蜜的歌声黏住他的翅膀！

而她之所以选择到清水湖边来练歌，就是因为这里人少，哪怕自己唱得像破响篙，也没人笑话。

现在，她面对清水湖，这个她自以为熟悉得早已激不起任何浪花的景致，竟然心旷神怡，说不出地舒畅自如。情不自禁，她开始把嗓门打开：

情妹家住清水湖，
想念阿哥来我屋。
白天陪你把鱼钓，
晚上跟你把鱼煮，
莫让妹儿相思苦。

才这么清清爽爽地亮一回嗓子，却完全没料到，也不知从哪座山头上，就传来了嘹亮雄浑的对唱：

湖观台上打一望，
望见阿妹洗衣裳。
只想一步跳下来，
知心话儿对你讲，
我愿当你小情郎。

说来也怪，黄幺妹听到这样撩拨人心的歌声，居然一点儿也不慌乱，也不羞赧，内心里竟明澈得像一汪平静的清泉。原来，你只要抱着对山歌本身的热爱，唱起来，真的可以像程中书说的那样，“让人心干净起来”。

一天，两个人刚躺进暖和的被窝，程中书就对黄幺妹说：“老婆，有件事我想了很久，还是要告诉你。”黑暗中，黄幺妹睁着一双疑惑的眼睛，说："有什么事，想说就说呗，干吗要想那么久？"

程中书说："我想那么久，是怕你一时想不通——我打算向乡里递辞职报告。"这话一出，真把黄幺妹吓了一跳，不解地问："为什么？"想了想又说，"不会是因为我吧？"停顿一下，伸手扳过程中书的脸，说，"我不是不怀疑你了吗？你为什么还要辞职呢？"

程中书索性坐起来，靠在床背上，点燃一支烟，慢悠悠地说："不是因为你。是因为，"他深深地吸了一口气，把浓浓的烟圈吐进黑暗里，"我想把精力专门用来挖掘我们土家族的山歌文化。我现在当了村支书，感觉精力不够。我担心，到头来，村里的工作做不好，连我最喜欢的山歌也会丢了。"

黄幺妹说："你继续。我知道你肯定还有其他想法。"

程中书笑了笑，虽然这笑，黄幺妹并不能看见，但她感觉得到。

她感觉得到，老公在笑。

第二天一早，程中书就兴致勃勃地来到乡党委书记办公室。

书记刚一听程中书说到辞职的事，立马就不乐意了。她打断程中书，说："怎么，幺妹又开始找你闹啦？"程中书连连摆手，说："不是不是！书记误会了。您听我把话说完。"

程中书说："乡村文化靠空话大话振兴不起来，需要具体的举措。我有两个打算，一是成立清水非物质文化遗产传承基地，重在培养民间文化传承人，二是组建'天籁清水'民间文化演艺公司，重在助推我们清水的乡村旅游更快更好发展。"

书记说："好哇，这都是好主意呀。可是，这跟你辞职有什么关系呢？”

程中书说：“我怕两头不讨好，把事情搞砸了。”

书记哈哈一笑，说：“看来，你还是有自知之明嘛。你的专长是唱山歌。这点我们都知道。可是，你一个人会唱，比起你带动一群人都会唱，哪个更有意义呢？当然，这个事情你已经在做了，说明你还是有觉悟的嘛。同样的道理，乡村振兴，不仅是文化振兴，还有产业振兴、人才振兴、生态振兴、组织振兴。你觉得是仅仅搞你擅长的文化振兴有意义，还是你带领大家，克服困难，一起让五大振兴齐头并进更有意义？”

书记的意思已经很明显了，就是要他“克服困难”，不能临阵脱逃。

好吧，那就硬着头皮上！

这几天，竹台村甚至整个清水乡又炸开了锅。原来，以程中书为主力的山歌团队，又将“竹台孝歌”成功申报为非物质文化遗产保护项目。也就是说，在小小的竹台村，这个人口不过几百人的小村落，就出了两个市级“非遗”。

回到家，黄幺妹也跟他打趣起来：“虽然是‘孝歌’，但还是喜事。”

程中书也笑了，说：“这只是一喜。我还有一喜要向老婆汇报。”

黄幺妹假装不在乎地把脸转到一边，说：“今天又不是什么特别的日子，我还不信会双喜临门。”

程中书哈哈一笑，说：“你别不信。告诉你吧，我们家刚被评选为全县十大最美家庭呢！只不过——”他像有意识地顿了顿，看了看惊讶得半天都合不上嘴的黄幺妹，继续说，“只不过，我还有一忧。”

黄幺妹不解地望着老公，说：“哦？”

程中书悠悠地吐出一口气来，说：“去接牌的时候，主办方要求最美家庭的每一对夫妻都要合作表演一个节目。这个事，可愁坏了我。”

黄幺妹理解老公的心情。要知道，在过去的几十年里，别说要她黄幺妹上台表演节目，就算是躲在人群背后哼那么几句，也简直比要她的命还要命。

但是，如今的黄幺妹，显然与过去不同了。

黄幺妹说：“你呀，就知道一门心思唱你的山歌。实话告诉你吧，我也有两喜一忧没说出口呢。”

程中书以为她是耍贫嘴，并不理睬她。

黄幺妹有些急了，噼里啪啦，像放连珠炮一样，说：“你不要以老眼光看不起人好不好？你老婆现在也会唱山歌，完全可以和你一起出节目！这算一喜吧？还有，我知道你们那个演艺公司现在正在招兵买马，我想了想，我也不比你招的那些人差……”

程中书先是一怔，愣愣地望着黄幺妹，半天说不出话来，末了，突然睡醒似的，又一阵开怀大笑，说：“好好好！这算是二喜。那么，还有一忧呢？”

黄幺妹低下头，突然变得愁云满面，说：“我忧的是，怕你太累，伤了身子呀。”

去接牌那天，夫妻俩穿得和和美美、喜气洋洋，就像去奔赴一个重大的节日庆典。黄幺妹穿得花枝招展，虽然外人看起来有些过了头，那些艳丽的民族服装与她那黄蜡的脸颊、裸露在外的粗糙手臂反差明显，但在程中书看来，此时的老婆才是最美的老婆。

授牌结束。人声鼎沸中，节目渐渐进入高潮。主持人在台上高喊：“现在，有请我们十大最美家庭的程中书、黄幺妹家庭上台。他们要表演的节目是：山歌对唱！”

程中书伸出右手，抬起黄幺妹的左手，两人一起走到舞台中央。

有些人认识程中书，知道他是土家族非遗传承人，他还没开唱呢，掌声就响了起来。待掌声渐渐稀疏，黄幺妹开始她有生以来的第一次舞台表演。

黄幺妹唱：

高高兴兴走上台，
最美家庭领奖牌。
感谢老公的付出，
从此我们更恩爱，
快把山歌吼起来。

台下就有很多人高声附和：“吼起来！吼起来！”

程中书就在一旁接着人们的附和声，吼了起来：

山歌唱好逗人听，
百姓不忘党的恩。
乡村振兴政策好，
建设美丽新农村，
吃水不忘挖井人。

夫妻俩歌唱的现场在县城，歌声却穿过云层，被云雀一路带回清水，像细碎的银子似的，撒满了碧波如洗的清水湖。

（原载于《红岩》2021 年 12 月“重庆市乡村振兴文学作品专号”）

从头再来

保安改行做包子，说起来都让人不可思议。但高重头就是做到了。不但做到了，而且还做得风生水起，如鱼得水。也无非两个字：肯钻。当然也不是无师自通，当然也走过不少弯路，最后还是苦尽甘来，修成正果。

每天，来买包子的人都络绎不绝。所谓每天，其实也只是几个固定时段：学生上学前，或学生放学后。是的，高重头的包子铺就在实验中学大门口，靠右第六个门市。因为是第六个，高重头在接手这个门市的时候，是费了一番苦心的。门市原先被另外的商家租用着，看起来水亮鲜华，光彩照人，档次很不低，可就是生意不好做，没几天就喊要走人。也难怪，做生意，最讲究的就是个地段。你在学校大门口，放着学生的生意不做，非要去搞什么高档服装，有几个学生买得起？不喝西北风，那才叫天理难容。

高重头找到这里，对方转让费要价很高。一开口，就像扔了块石头过来，直接就把他脑袋砸晕了。软磨硬泡了老半天，死活不松口。高重头说："你生意肯定是做亏了才转让。往后多挨一天，就得多赔一天的钱。"不想，对方也不是省油的灯，呵呵一笑，打趣道："正因为我生意没赚钱，所以才要多收几个转让费嘛。难不成，兄弟还真忍心让我喝西北风去？"

高重头左顾右盼，思虑再三，最终还是忍痛接了手。原因很简单，这个地段对做包子而言，是真正好。这样合适的门市，只可遇，不可求，万一一转身，被别人抢了先，后悔都来不及。他从广州回来已经大半年了，除了吃老本，一分钱收入没有，老婆等着米下锅，儿子张着嘴要吃饭，再拖下去，把本来就很薄的家底掏空了，就真成了"叫天天不应，叫地地不灵"呢。

而且，大门靠右第六个门市。六，就是六六大顺嘛，多吉利的数字！生意还没做呢，福气就临门了。就冲这个“六”字，哪怕对方扔过来的石头把牙都砸碎了，他也要和着血水咽下去。

一句话，他认了。

房租加转让费，把他多年来在广州做保安挣的钱全搭了进去，还不算，他又硬着头皮向亲戚朋友借了好几万，才勉强把门市盘过来。

幸好，一开局，他就大获全胜。开张第一天，他的包子铺前就排起了长龙。如今，三年过去了，不但把投进去的二十多万本钱赚了回来，还盈余不少。他常常在铺盖窝里搂着老婆说：“再过几年——再过几年，我们兴许就可以买房子了。”

房子，这是他的一块心病。刚回来那会儿，儿子还在读小学，现在，初中都要毕业了。孩子小，一家人窝在门市上面的阁楼里，还不觉得什么。现在儿子往他面前一站，从个头来说，仿佛儿子才是父亲，他才是儿子。一家人再窝到一起，总感觉怪怪的。别的不说，只说到了半夜，正想爬到老婆身上去，儿子在旁边一个翻身，就像突然一盆冷水泼过来，什么兴头都被浇没了。

出事那天，没有任何先兆。

门外夕阳西斜，像往常一样车水马龙。这个时候，正是学校下午放学之际。学生像潮水一样从学校大门口涌出来。这些都是走读生。寄读生是不允许出校的。离家近的，正急匆匆往家赶。他们必须三步并作两步走，回家吃完饭，再急匆匆回校上晚自习。离家远的，有家长来送饭，就在马路边上找个位置蹲下来，三下五除二，吃完就转身。没有人来送饭的，或三三两两，或成群结队，东一块，西一块，有时候你碰碰我，有时候我挨挨你，一些飘进这家店，一些走进那家店。学校外面，马路两边，沉寂了一个下午的店铺，瞬间热烈地躁动起来。

高重头的包子铺前，像早晨五点半时那样，又已排起了长龙。他和老婆就像两只不停忙碌的蜜蜂，嘴里喊："你要什么？""我要白菜。""几个？""五个。"话音刚落，五个白菜包子就已塞到了对方手里。然后又是：

"你要什么？"

"我要盐菜。"

"几个？"

"十个。"

…………

"你要什么？"

"我要豆腐。"

"几个？"

"八个。"

…………

那半个小时，高重头和老婆除了以飞快的语速重复格式相同的问话，就是以最快的动作捡递包子，根本无暇顾及其他。你可以说他们的脑子里一片空白，也可以说，如果不是一片空白，那就只有两样东西——塑料篓子里不断堆高的零钱，或者微信钱包里飞快增加的数字。

半个小时过去，他们往往累得手指僵直，脑袋发涨。他们就像两个飞速旋转的陀螺。旋转的时候，因为惯性而保持了正常的姿态，猛然间停下来，却马上就要倒下去一样。

照理说，正当壮年的夫妇俩，再怎么累，也不可能有这样反常的反应。学生刮起的那阵风，来得快，也去得快。可是，如果你知道他们每天只能睡三四个小时，晚上最早十一点才睡，凌晨最晚也不能超过三点就要起床，就会明白，他们的累，是真累。是憋着一口气，拼尽了全力之后，身体都被掏空了那样的累。

码在一起的十几笼包子，高高的，比高重头的头都要高出好大一截，但还是很快就被抢得所剩无几。高重头正准备收拾摊子，一个女生走了过来。

女生说："给我捡三个土豆丝的包子。"人就进了门。

高重头愣了愣，想说什么又忍住了。高重头想说的是，屋里太窄太乱了。可这样说，不就等于把人家往外面撵吗？人家明明看见里面摆了一张桌子的。虽然这张桌子的实际用途，很少用来供顾客用餐，不过堆了些盆盆罐罐，盆里装的，是暂时没用完还没来得及放进冷柜的包子馅儿，罐罐里则是调馅儿的各种佐料。铺面本来就窄，顾客又多是学生，几乎都是买了包子就走人。真正要进来坐下吃包子的，通常是偶尔经过又刚好饿了的路人。

女生坐下来，也发现确实连转个身都难。但她似乎打定了主意，非得在这狭小的空间里填肚皮。

高重头说："土豆丝的包子只有一个了。要不，你再点点儿别的？"

女生侧着身子，想了想，说："那就再要一个牛肉粉丝、一个豆腐的包子。"

高重头心想，这女生也真是，一会儿只要一样，一会儿又变成一样一个。嘴里并不说什么，只把三个不同种类的包子拣出来，端到女生面前。

高重头往面前瞅了瞅，还好，剩下不到十个包子，今天卖完，肯定没问题。正感觉浑身一阵轻松，女生那边，却“哎哎哟哟”地叫唤起来。高重头心头一紧，不会是包子太烫了，把人家嘴皮烫坏了吧？又一想，不对呀，包子都敞风好大一阵了，不会很烫。

高重头赶紧走过去，问：“怎么啦？”

女生弯着腰，几乎把整个上半身都压在大腿上，头埋在两只膝盖中间，虽然看不清她的脸，但肯定十分痛苦。

高重头疑惑地望了望桌上的包子，刚吃完一个，还剩下俩。

女生的呻吟声越来越大，双手把腿抱得越来越紧，身子也缩得越来越小。仿佛再往下伏一点点，人就会偏倒在地。

老婆在一旁急得像热锅上的蚂蚁，完全不知道该怎么办了。高重头说：“你摸摸她额头，看烧不烧。”

老婆把手伸过去，说：“不烧。”

“你赶快给她倒点热水。会不会是饿得太厉害，吃得太急了。”

女生伏在膝盖上喝了水，但呻吟声非但没有减轻，还越发厉害了。女生每叫唤一声，高重头的心头就会猛抽搐一下，就好像，有一根无形的鞭子，一鞭接一鞭地挥过来。不过，女生除了不停呻吟，好在没有别的反应。

老婆终于忍不住了，怯怯地说：“会不会是食物中毒啦？”

高重头又望了望桌上剩下的那两个包子，眉头紧锁。按理说，食物中毒不太可能。在食品安全这一块儿，他已经够小心，做得够仔细的了。可凡事不怕一万，就怕万一。

万一真是食物中毒，那可不敢怠慢。弄不好，会出大麻烦。

高重头不再犹豫，当机立断说："赶紧的，马上去医院！"

他是男的，不好直接去扶女生，就让老婆去。

高重头说："你们后面来，我去外面叫车。"

高重头才跑到门口，严格来说，脚还没踩到门外的大街上，身后就传来女生的叫喊："叔叔，你快回来！"

高重头一回头，女生竟没要老婆扶，自己就站了起来。

女生穿着校服，扎着马尾，清秀的脸蛋上像抹了一层红晕，羞羞涩涩的样子。高重头有点丈二和尚摸不着头脑了。看她那个样儿，简直再正常不过了，哪像是什么食物中毒嘛。

高重头疑疑惑惑地返回身，瞪着一双大大的眼睛望着她，说："这么快，就好啦？"

女生显然有些不好意思，愧疚地说："叔叔阿姨，你们别见怪。其实，我什么事都没有。"

高重头更是一脸茫然了。好半天，才说："你是说，刚才，是你装的？"说到装，高重头在脑子里把刚才的一幕又飞快而仔细地捋了一遍。怪不得，从头到尾，她都伏在那里，不让我们看到她的脸。肯定是怕一露脸，就露馅儿了。而且，除了不停呻吟，也没有别的招。说到底，还是孩子，演技不行啊。

可是，这是为什么呢？

她为什么要装呢？如果她真要讹我们，又为什么不一装到底呢？难道，是怕到了医院，医生一检查，迟早会露马脚？所以，一听说要去医院，立马就"好"了？

女生说："叔叔阿姨，请你们原谅。我也是想不出其他办法，才出此下策的。"然后，就开始道明她此番作为的缘由。

原来，女生是走读生，是她们班的班长。她们班比较特殊，一是女生特别多，二是寄读生特别多。她跟女生们打成一片，情同姐妹。从去年开始，学校出台了新规定，为了方便管理，除非放周末，寄读生不准出校门。也就是说，平时寄读生的吃喝拉撒，全在学校里。其他还好说，说到吃，很多人都叫苦不迭。寄读生里，家庭条件好的，只占极小数，大多数，都是从农村考进来的，家里人不是务农，就是打工，一年到头也攒不了几个钱。不准出校门，就只能在学校食堂打饭吃。食堂也有好菜好饭，可真正吃得起的，不多。包子是比较便宜，可学校食堂除了鲜肉，就是酱肉，根本没有其他种类。家庭条件不好，或者一般的学生，既需要省钱，又希望能吃得更好，至少选择的口味可以多一点。相比之下，高重头的包子铺比学校食堂就强了许多。他这里的包子，先不说味道，只说可选的种类，就多达十三种。

但学生们也有顾虑，就怕外面食物不卫生，吃了身体出毛病。所以就联合起来，让班长做代表，出来跟包子铺老板协商，只要保证食品安全，她们班的寄读生都在他这里买包子吃。寄读生不准出校门，就让班长代劳，出来买了再送进去。

“我就想，光凭嘴上说，要你们注意食物安全，可能说了也白说。现在的人，哪个不油光嘴滑的？有句话说得好，奸商奸商，无商不奸。”女生说，“我必须要你们亲自感受，如果出现食物中毒，可能会产生什么影响。想来想去，也只有在你们面前演一出戏了。一来可以让你们有切身体会，千万不能出问题，否则后果很严重；二来呢，也可以顺便看看你们的为人。无良的老板，哪怕顾客真是食物中毒了，也未必承认，也会千方百计把自己的责任赖掉。只有跟好心善良的老板合作，我们才放心。”

高重头总算听出个所以然来了。敢情女生不是来讹诈，却是来送生意上门的。幼稚是幼稚了点，可她帮同学的一片苦心，真正是难能可贵。

高重头放下心来，朝门外望去。

卖包子的那阵风过了，门口早已冷落下来。不然，被女生这样一搅和，指不定会闹出什么误会来。看热闹的人都是一样的心态，只嫌事不够大，却并不关心热闹背后，到底是什么真相。

高重头的包子铺更火爆了。

生意更火爆的高重头，情绪却越来越低落。有时候忙了一天，也不说一句话，有时候老婆喊他吃饭，只听“嗯”声，不见人来。老婆问他，是不是又是哪里不舒服啦？高重头说，没事。高重头越说没事，老婆越不放心，越要问，到底是哪里不舒服了？生病了就去治，拖不得。

高重头说：“你才生病了呢！狗嘴里吐不出象牙。”

老婆说：“你狗嘴里吐得出象牙，你倒是吐哇。一天到晚把嘴闭得像没开缝似的，怎么吐？”

高重头知道老婆是关心他，跟她抬杠不对，就把语气放柔和了说：“就是有点累，哪里生病了嘛。”

这倒是实话。自从那个女生以演戏的独特方式来店里联络以后，高重头的包子铺，生意就如芝麻开花节节高，又像儿子小时候爬树一样，两只脚往树干上一绞，噌噌噌地直往上蹿。因为女生班级的示范作用，之后又有好几个班，不是班长，就是学习委员出来联络，都是代他们班的寄读生集体买包子。可以说，高重头做的包子，在实验中学的口碑是越来越好，传得越来越广了。

旁边那些店，都是为学生来得少而发愁。高重头却不同，学生越来越多，他心底的压力也越来越大。生意太好了，他晚上休息的时间也就越来越短。原来一天还能睡三四个小时，现在却连三个小时都睡不了了。原来白天干活，有时候还能偷点懒，实在困了，就在椅子上眯一会儿，现在却连眯一会儿都不敢了。你一眯，包子就做少了。就算你像个闹钟发条一样转个不停，等到下午放学，蒸笼里的最后一个包子都卖完了，门外，还排着长长的队伍。

那都是钱哪。

眼睁睁地看着那些排着队送过来的钱，却收不进腰包，高重头心里那个急，就像被猫抓了似的。

他不单是累，他是又累又着急。

终于，高重头对老婆说出了这段时间深思熟虑的想法："要不，我们把小郭请来帮忙吧？"

老婆这才明白，高重头一天到晚闷着不说话，原来是在思考解决大事呢。

老婆说："我看行，反正他现在待在家里也没事。原先说好的春节过后就出去打工，也不知怎么的，现在还没动身。只是——"她皱了皱眉，继续说，"只是这么辛苦的活，他愿不愿来哟。"

小郭是高重头老婆哥哥的儿子。去年高中毕业，落榜没考上。家里让他复读，他不愿意，说想早点出来挣钱，减轻家里负担。真到了要出去打工的日子，准备带他出门的乡亲都走完了，他还留在家里。也没有人过分催他，都觉得，他高考失败，肯定心里难受，调整一段时间，也好。

老婆把想法给侄儿一说，没想到，他十分爽快地就答应了。也许他觉得，老待在家里也不是个事儿，这么大个人了，总不能一直在家吃闲饭，总要出去谋个事做，挣点钱。县城离家虽然也要坐两三个小时的车，但毕竟是在县内，比起那些去广州的乡亲，根本算不得背井离乡。

小郭很快就来到了高重头的包子铺。

但是，新的问题又冒出来了：这么窄的地方，原先他们一家三口挤在阁楼里都觉得老大的不方便，小郭来了，睡哪儿呢？想来想去，也只能把阁楼再一分为二，一边他和老婆住，另一边，就让儿子和小郭一起住，他们两兄弟从小就在一起玩，也不生分。

小郭来了以后，高重头果然轻松多了。做包子，说简单也简单，无非就是把馅儿做好，把面皮擀好。当然，要把面皮擀好，必得先把面和好、发好。做包子馅儿这一块儿，基本上就是高重头老婆一个人负责。相对来说，擀面、做包子技术含量高些，老婆忙不开，高重头就一个人做，老婆那边忙完了，就过来和高重头一起做。至于和面、发面的事，就交给小郭。然后再让他做些杂活。他刚来，做包子肯定不行。过段时间，如果他确实适合做这一行，再教他做不迟。

现在做哪一行，都讲机器代劳。之前，高重头也花了不少本钱买各种各样的机器。后来发现，机器好是好，人轻松了，味道却变了。说到底，吃食这一行，是要讲口味儿的。口味儿只能掌握在人手中，机器是掌握不了的。所以，他又把那些杂七杂八的机器堆在了角落里。

高重头生意的好，一方面得益于包子口味多，顾客选择多，另一方面，怕跟他完全手工劳作分不开。小郭来了以后，高重头教给他的第一条，就是不要怕麻烦。手工比机器，看起来是费时多了，可你费时越多，收益越大。

这是生意经，更是人生的辩证法。

高重头教给他的第二条，是要热情。在顾客面前，你要有“骂不还口，打不还手”的心理准备。未必一定要点头哈腰，装得像个奴才，但凡事脸上堆个笑，有事说事，有理说理，和颜悦色，客客气气，一切就都好了。

到了卖包子的时间，以前都是高重头和老婆把蒸笼一笼一笼码在门口卖。现在为了更方便那些集体买包子的学生，就让小郭把包子打好包，送到学校门口去。这样一来，代寄读生出来买包子的走读生，也就更省力、更轻松了。

高重头把那个女生，还有好些班级代买人的联络方式，都给了小郭，并且叮嘱道：“一定要和颜悦色，客客气气。我们不一定要当孙子，但一定要把他们当上帝。”

实验中学副校长带着政教主任过来的时候，高重头正在做包子。早上的包子已经卖完，他得抓紧时间做晚上的。小郭现在已经逐渐上手，包子做得虽然没有高重头那么耐看，但总算还过得去，一般人真不容易看得出太大的区别来。这小子什么都好，就是晚上喜欢玩手机，在微信上找人聊天。也不知道跟些什么人聊。好几次，他怕影响儿子休息，想提醒一下，又一想，在店里本来就很辛苦，如果管得太死，万一他屁股一拍要走人，岂不是更麻烦？也就不了了之，装着没那么回事了。

副校长说：“高老板，我们有点事找你，请借一步说话。”

高重头并不知道站在面前的是实验中学的领导，出于礼貌，赶紧把手揩了，跟着到了门外的树荫下。

正是中午，周围人少得可怜。没有风，太阳光很强，虽然躲在树荫下，还是有一种在蒸笼里被炙烤的感觉。

得知对方身份，高重头立马就惶恐起来。他们不会是怪我把他们学校食堂生意夺了，要来找我理论的吧？又一想，管他呢，我一没偷，二没抢，学生自己愿意到我这儿来，我有什么办法？总不能，正经生意都不让人做吧？

副校长说："我们来找你，是想问问，你店里是不是有个叫小郭的？"

高重头更加莫名其妙了，不知道领导葫芦里到底卖的什么药。

高重头理直气壮，如实相告："是的，是有这么个人。他怎么啦？"

副校长迟缓着，没有立即作答。而是抬头看了看天，说："天气预报还说今天有雨，哪里有雨呀。都快把人闷死了！"

旁边的政教主任也搭腔道："就是。现在的天气预报都快成笑话了。如果什么事都能预报，哪还有这么多麻烦！"

这是话中有话。高重头听得出来。

副校长开始进入正题，说："实话跟你说吧，你店里那个小郭，有点不正经，最近一段时间，老跟我们高三一班的小许纠缠不清。人家都快高考了，这样下去，肯定会对她有影响。本来，她父母想亲自过来找你，是我们挡住了。我们想，还是学校先出面把事情解决掉。这样，对你，对小许，甚至对那个小郭，都好。"

高重头明白了。原来，小郭这个家伙，居然背着我们跟人家女学生谈恋爱！小许是哪个？不就是那个曾经到店里来，吃了一个包子就喊肚子痛的女生吗？当然，小许更是那个给他的包子铺带来了很多生意、帮寄读同学出来买包子的班长。

小许的联系方式，还是他给小郭的呢！

小郭离开那天，高重头心如刀绞。不仅仅因为小郭的离去，将必然影响到包子铺的生意进展，还因为，小郭毕竟是他老婆的侄儿，此一去，前路茫茫，他又将何去何从？可是，不让他走，又能怎么办呢？难道，非要等到小许父母找上门来，闹得满城风雨才收场？

高重头说："接下来，有什么打算？"

小郭说："我想好了，不能再三心二意，必须去复读，从头再来。只有考上大学，才不会被人低看！"

老婆在一旁，本来泪眼婆娑的样子，听他这样一说，立马精神起来，说："对头，对头！这样才对嘛。必须考上大学，为我们家争光！给你弟做个好榜样！"

然而，小郭的离去，并没有换来包子铺的太平。小许的父母虽然没有来找麻烦，但天下哪有不透风的墙？尽管副校长说了，这件事，就在这里打住，小郭一走，就当什么事都没有发生。可是，说归说，做归做，谁知道副校长回去以后，是不是对学生提了不同寻常的要求，做了非同一般的宣传？

总之是，来买包子的学生渐渐稀少下来。到最后，除了偶尔有几个过路的来买一些，竟然连附近那些商铺、周围那些居民，都不来店里买包子了。就好像，他的包子里真的有毒一样。

所有人，都以异样的目光看过来。看他，也看他的包子铺。

他想，这就是所谓的人言可畏吧。小郭与女学生的事情，已如利刃一样，深深刺伤了他的包子铺。

原来在门口堆得小山包一样的蒸笼，渐渐地矮下去，就好像，高高大大的一个人，突然就佝偻了，萎缩了，到最后，竟然就趴在地上起不来了。

高重头终于有大把大把的时间去睡觉，终于有机会把那些没有睡好的觉全都补回来。下面的门市，留老婆一个人看守都绰绰有余，他又何必下去硬撑门面、自寻烦恼？

可是，就算躺在床上，他又怎么可能睡得着呢？

一家人终归要填饱肚皮，要攒钱买房，儿子马上就要上高中了，各种各样的花销，正张着血盆大口，虎视眈眈呢。儿子，当初不就是为了儿子，才和老婆一起从广州回来做事吗？爷爷奶奶都老了，行动越来越不方便，哪还有精力管好孩子呀。

他又想起，刚回到云阳那段时间，为了学做包子，他到处求师学艺，结果手艺没学精，倒受了不少骗。你到这家，人家把理论讲得头头是道，可实际一操作，做出来的包子，味道连他这个门外汉都赶不上。后来到网上一查，那些所谓的理论，无非都是从网上照搬下来。所拜的师傅，最拿手的活只是收学费，其次，不过就是个打印资料的二传手。你到那家，学着学着才发现，他们哪里是在教手艺，完全就是在拉人头卖设备嘛。后来，他也学乖了，哪里都不去，一天就待在屋里，手机上有各种各样的视频，边看边学，边学边做，也没几天，做出来的包子就像模像样了。再加上他不怕难，爱动脑，又在视频教学的基础上，把包子的品种加了很多。

没想到，包子铺一开，就一炮而红。

可世事就是如此变幻莫测，无可奈何。眼看着生意正如日中天，却又突然间如摩天大楼垮塌下去一般。

老婆耐性差，忍不住了。

老婆说：“要不，我们还是喊那个姓赖的过来商量一下吧？”

这也正是高重头这几天蒙在铺盖卷里反反复复在想的事。这个地方眼看着就要垮下去，再不换地方，难道真要把脖子伸到刀口，就等着那咔嚓一声响？一个月前，姓赖的就来找过。他是慕名而来。他早听说实验中学门口有一家包子铺，生意出奇地好。来的时候，他还不知道，高重头经历了先前的那一场变故。

赖老板当时说：“我在东风小学那边也开的包子铺。可惜我技术不行，生意一直不好。如果你愿意，我们可以合作。我负责租店面，你负责做包子，我们四六分成——你六、我四。如果我们合作得好，还可以想得更远些，比如，说不定哪一天，我们可以整大点，搞连锁。还是你负责技术，我负责场地……”

但是，高重头当时还没对这里完全死心。一个人往两边跑，精力更不济。再加上姓赖的把合作前景说得天花乱坠，让他觉得难以置信。所以只说先想想，没有斩钉截铁就应承。现在自己的包子铺已像病入膏肓的癌症患者，看着还有一口气在，指不定哪天就两腿一蹬，撒手人寰了。

高重头就想，也许是到了从头再来的时候了。

他掏出手机，翻了半天。还好，姓赖的电话被他存了下来。

“喂，你好！是赖老板吗？”

（原载于《北方作家》2021年第6期）

爷孙

吴明海把孙子的手机甩到了地上。这是他自己都没有料到的事。

那部手机，可是他省吃俭用攒了差不多半年才买下的。手机是智能的，跟他的老人机不一样。也不是孙子要求，就是他有一天听旁人说，现在的手机高级得很，下个什么“帮”，碰到不会做的题，往题目上一照，什么问题都能解决。吴明海就想，自己没文化，买部这样的手机，就当给孙子请了个家庭教师，又方便又划算。多好！

吴明海把新买的手机递给孙子那天，孙子又惊又喜，他完全没想到，爷爷居然会给他买这样贵重的礼物，还是专为他学习而备。继而又面露忧虑之色，慢腾腾地把手机还到爷爷手里，说：“还是退了吧，我自己能行。”

吴明海相信孙子能行。孙子一直都能行。从小学到初中，从初中到高中，直到现在读高三，无论在学习上，还是在生活上，孙子从来都没有让他操过心。

他跟他的哥哥不一样。

孙子有了手机以后，可谓如虎添翼。以前月考，差不多都保持在班级前十名左右，后来，有好几次都挤进前五了。倒是最近两个月，没有听孙子提起。但他还是一如既往地相信他，习惯性紧锁的眉头，在盯着孙子做作业的背影时，不知不觉会舒展开来。

事情坏就坏在，那一晚，他鬼使神差地睡不着。也可能是被孙子他哥哥闹的。反正，他先是在床上辗转反侧，接着就想上厕所。等他一起来，人还没进厕所门，却发现，孙子的房间里透出一星半点微弱的光亮。刚开始，他也没在意。直到从厕所出来，那一星半点的光亮还在，脑子里，就不由自主地打了个问号。

那会是什么光呢？孙子的房间没有窗户，所以睡觉时房门一直都开着，那样空气会好些。没有窗户，就说明那光不是从外面照射进来的。可门口也没有光照进去呀。

狐疑之间，吴明海已经到了孙子床前。

原来那光，是手机屏幕上发出来的！

孙子背对着他，面向墙壁侧卧着。手里，正是他买给孙子的智能手机！手机没声。肯定是孙子怎么弄了，不让它发出声音。可是，屏幕上有影儿。近些年，他虽然视力明显下降，可那一对动来动去的男女，他还是看得真切。

他只觉得脑门处一股热血猛蹿上来。本来凉沁沁的面颊也突然之间滚烫起来。吴明海什么都没说，一把夺过手机，不由分说，用力甩到了地上。

屋子里一片漆黑。

只听得到吴明海粗重的喘息，还有孙子受到惊吓之后，本能的一声“啊”！

按理说，吴明海都已经是七十出头的老头儿了，什么事，都应该看得通透，不用生那么大的气。事后，他也确实是这么想的。可是，人在那样的场景，是不可能像平时那么理智的。他把一家人所有的希望，都寄托在了孙子身上。十几年来，孙子也确实如他所愿，表现优异。所以，每每受到邻居欺压，他也从来不当个事。他只在心里说：“哼，有什么了不起！你再能，有我孙子能吗？”这样一想，脸上就重新活泛起来，重新容光焕发起来，重新表现出一副毫不在乎的神情来。搞得邻居莫名其妙。到后来，只当他老人家是宽怀大度。所以，该欺压的照样欺压，末了，还忍不住恶毒地嘟哝一句：“这家子，真是没一个正常的。”

总体来说，吴明海家确实有些不正常，但还不至于“没一个正常的”。吴明海的儿子在广州打工，据说是给一家玩具厂当保安。二十几年来，除了过年回一趟家，其他时候，都是神龙见首不见尾。他和儿子团聚见面的时间，比他一年到头吃药的时间还要少得多。儿媳只在生两个儿子的头两年待在老家，等孩子一断奶，就兴冲冲出门去了。当然，她的兴冲冲，到底是冲着“出门”，还是冲着她久未谋面的男人，没有人知道。

吴明海有两个孙子。前面所讲的，是他的小孙子，他还有个大孙子。如果一定要说他们家谁不正常，那么，大孙子该排在首位。每个到他们家里来的人（虽然到他们家来的人并不多），首先就是被他的大孙子所吸引。都二十多岁的人了，黑魆魆的胡须一大圈，却一天到晚只知道盘着腿在地上玩。也玩不出什么新花样，不是像个不倒翁似的晃来荡去，就是像个大猩猩，手捏着个不知从哪里捡来的木槌，像他奶奶在江边举着捶棒拍洗衣服一样，在地上东捶一下，西打一下。有时候，位置拍得不对，直接砸到了膝盖，或脚掌上，也不知道疼，只咧着个大大的嘴巴，“嘿哈，嘿哈”个不停，忙得不亦乐乎。就好像往年的农村人，抬石头喊号子一般。吴明海做完事歇下来，大孙子就往他脚边靠，一俯一仰，歪着脑袋，斜着眼，还一副口水滴答的样子。每一个来家里的人，都无不惋惜地说：“这么好个娃，可惜了！”

可不是吗？模样这么俊俏个娃，智力水平却只相当于一两岁的小孩子。吃饭要人喂，衣服要人穿，连上厕所，都必须有人在旁边陪着。如若不然，屎尿滚了一身，还“嘿嘿嘿”地笑不停。这些都还不算，这些都还能忍。最让吴明海揪心的是大孙子连走路都不会。有时候立起身来，偏偏倒倒没几步，咣当一声，就跌到了地上。那是没有任何稳力的栽倒，是没有任何本能反应——哪怕只是一点点自我保护意识的摔跤。再看，不是额头上起了个包，就是头发里渗出了血，或者就是踝骨裂了，手指断了。反正，二十多年过去，浑身上下，就没几处是完好无损的。

吴明海任由大孙子靠在自己脚边，轻轻摩挲着那颗像癞头一样、好多处都不生头发的脑袋，常常内疚不止。

如果当初在老家，儿媳在乡卫生院第一天刚生下大孙子，第二天就急着要回家，自己能阻止，那么，后来的结果，就会完全不同。可是，他到底没有阻止儿媳的决定，他知道她舍不得在医院花那么多钱。他自己又何尝不是那样想的呢？又不是金枝玉叶，农村人，哪有那么多讲究？不过才10月，把孩子包紧点，裹厚点，回家养身子，既方便又实惠。可是，事情的发展却完全超乎了他的想象。儿媳倒是没事，可孙子，从回家的第二天就开始闹，二十四小时，几乎没消停过一分钟。到了第五天，孙子连奶头都不愿衔在嘴里了，只有十分微弱的气息，只出不进的样子。一张小脸，皱巴巴的，活像只晒干了的小蛤蟆。于是请了村里的赤脚医生过来，死马当作活马医。孩子也是命大，半个月过去，高烧终于退却，红得像炭火一样的脸蛋，也渐渐露出了婴儿肌肤的本色。

大家都以为，一场无妄之灾，就这样熬过去了。

可是，孩子到了三岁，还不会走路，到了五岁，连“爸爸妈妈”都不会喊。吴明海才意识到，藏在孙子体内的邪气，并没有被驱散。正在这时，儿媳又腆着个大肚皮从广州回来了。

从小孙子降生的那一刻起，吴明海就做出了一个重要决定：他要像村里好多人那样，去县城买房，把家搬到城里去。他觉得，他亏欠大孙子太多了，可以说，就是因为自己的抠门儿，才耽误了孩子的一生。现在，他终于有机会赎罪。他必须尽其所能，给小孙子一个完全不同的人生。

好在那时候县城的房价还不高，一套百平方米的住房，不到五万块钱就能搞定。吴明海前半生是村里有名的裁缝，后来年轻人都出门去了，衣服都靠买，哪怕是留守在家里的老人小孩，也都是从外面捎的捎，寄的寄，或者逢年过节带回来，哪还用得着他这个土裁缝。再加上年纪大了，眼神也不好，于是便向邻村一个亲戚学会了打豆腐。也就是说，他比一般下苦力的农村人来钱更容易。一套住房，虽然把半辈子的积蓄差不多都搭了进去，但总算可以如愿以偿，不至于望洋兴叹。

一家人住进了城里，新的问题又出现了。儿子儿媳先不算，反正他们长年累月都在外面打工，可他和老伴儿，再加两个孙子，八支筷子四张嘴，每天三顿饭，总得要有东西扒拉着填进去呀。想来想去，又把住房卖了，去农贸市场旁边买下一爿门市。吴明海以为，农贸市场人多，他可以在那里打豆腐卖。把门市分为上下两层，下面做生意，上面当住房。既解决了生计问题，又有了安身之所。因为手头确实紧张，这门市也买得有点稀奇古怪。先不说面积着实太窄，把旮旯角落全算上，也不会超出二十个平方，只说位置，就让人大跌眼镜。农贸市场旁边有一坡长长的石梯，很宽，也很长，从中环路一直连接到滨江路。石梯的最根部，靠左，最角落，往里掖进去大约几个平方，是促狭的一溜空地。空地一边是门市，另一边，就是与之朝夕相对的石梯侧面。也就是说，吴明海买的这个门市，几乎全收在了暗处，只有很窄很窄的小半截门楣，露出来，像一个被捆绑牢实的人，歪着脖子，挣扎着想与人打招呼，却几乎没有人听得着、看得见。所以，虽然石梯上来来往往都是人，他的门市，却异常冷清。

也不是没想过办法。他想把豆腐摆到外面去一点，至少要让过路的行人一眼都能看见。可是，桌子才伸出一个角，旁边那家门市的老男人就骂骂咧咧地过来，嚷嚷道："干什么！干什么！不要把我们家门市挡着了！"吴明海还没反应过来，桌子就被猛推回到他家"地界"。

旁边那家是卖百货的，什么糖果呀，饮料哇，零食呀，柴米油盐、锅瓢盆碗……只要是人吃喝拉撒用得着的，他全卖。他们家门市前面空地很宽，如果要比，说不定比吴明海门市的面积都宽。

可是，"地界"宽不等于心眼儿宽。吴明海不把桌子往外摆，那空地还是敞亮亮的一大片，往那边一看，眼睛都能睁大些。自从吴明海试图把摆豆腐的小方桌往外面挪出去一截，旁边那家就想出应对的新招数。没几天，吴明海就发现，那块明晃晃的空地变得暗下来，就像刚想抬眼一望，就被一巴掌盖下来。可不是吗？可不是一巴掌盖了下来吗？——一张巨大的帆布，被四根不锈钢支架撑起，鼓鼓囊囊地将那一片空地盖住。那意思就是说，这块地盘儿是我家的！别人休想占用！这还不算。又沿着那张帆布的三面——另一面，就是那家门市大门——往下对齐的位置，呈凹字形，用玻璃货柜围起来，四四方方，真正像一圈不折不扣的"围城"。意思很明显了，他们就是不想，或者说，就是不准吴明海有一丝一毫"越界"的可能了。吴明海一家能够进出的空间，差不多就是一个成年人身体的宽度了。

吴明海在气头上把小孙子的手机摔坏了，既心疼，又内疚。心疼的，主要是钱，一千五百多呢，那可是他省吃俭用，熬了差不多半年才买下的。内疚，等到冷静下来，觉得自己真是粗鲁。有什么事，不能好好说呢？小孙子从小到大都是个懂事明理的好孩子。你跟他好好说，他怎么可能听不进去呢？

可是，碰到这种事，吴明海还真不知道该怎样跟孙子说。

他这一辈，他这一辈的上一辈，他这一辈的上上辈，不都是无师自通的吗？谁会跟后辈人说，来来来，我跟你讲讲什么是男女之事，或者，什么样的男女之事是好的，什么样的男女之事又是坏的？人都是到了那个年龄，自己一琢磨，答案就出来了。

那一晚，吴明海至少悟出了两个道理：一是孙子真的长大了，心里头装的，恐怕不仅仅只有学习这一件事了；二是现在的孩子，怎么就这么不懂事呢？他难道就不知道，看别人做那种事，不丢人不害臊吗？关键是，现在是什么时候哇？离高考，连半年都没有了。心思用到了别处，还怎么好好学习呢？他又想到了大孙子。都二十几岁的小伙子了，连个内裤都要他奶奶一遍一遍、翻来覆去地搓。可他们终究有撒手离开的那一天哪，就算到时候他还可以跟父母在一起，可是父母，不也有撒手离开他的那一天吗？

他们都离开了，他，怎么办呢？

吴明海不敢往远处想。现在最紧要的，是去把手机修好。

到了修理店，师傅在柜台后面倒腾了一会儿，说：“手机好好的，修什么修嘛。”

吴明海不相信，说：“怎么可能呢？明明看不到东西了。”

师傅说：“是没电了。回家把电充好就行了。”又像想起来什么似的，有意无意地说，“手机没坏。倒是现在的孩子，要注意，心眼儿别学坏了。”

吴明海一听，这是话里有话呀。他心里咯噔一下，莫非，师傅在手机里发现了孙子的秘密？他立马就觉得，脸上仿佛有无数的蚂蚁在爬动。就好像，师傅看到的，不是孙子的秘密，而是他的秘密似的。

吴明海把手机还给孙子，还是一句话没有。

但孙子开口说话了。孙子说：“爷爷，对不起！我辜负了您……我把李珍宝删除了。”

吴明海不懂什么叫“把李珍宝删除了”。李珍宝是个人，就是旁边那家门市的宝贝孙子。但一个大活人，怎么“删除”呢？他就想，也不管那么多了，反正孙子的意思他懂，大概就是与“李珍宝”划清界限，再不来往了吧。

为什么是把“李珍宝”删除，而不是删除其他人呢？意思也很明显了，那天晚上，那件事，罪魁祸首肯定就是李珍宝。至于为什么是李珍宝，李珍宝又是如何祸害孙子的，他自然也搞不清楚。可是，他为什么一定要搞清楚呢？他只要知道，孙子从此悬崖勒马，重归正途，这就够了。

李珍宝，就是旁边那家门市的孙子。

外面只要有芝麻大点事，出来打头阵的，往往是那个老男人。之所以在男人前面加上个“老”字，是因为，他跟吴明海一样，都是爷爷辈的人了。可这个爷爷，跟吴明海这个爷爷还不样，因为，他比吴明海至少年轻一整轮。在吴明海眼里，不过是个小兄弟。

吴明海把老男人当兄弟，老男人却把吴明海当仇敌。自从吴明海买了这个鸡骨头一样的门市搬过来，旁边那家，就从来没给过好脸色。仿佛吴明海一家过来，不是污染了他家的风水，就是抢走了他家的生意。可是，凭天地良心，吴明海打他的豆腐，老男人卖他的百货，都是互不相干、八竿子打不着的事，怎么就水火不相容了呢？

也怪，李珍宝虽然是老男人的孙子，却跟他爷爷仿佛不是一个锅里吃饭长大的。最明白的证据就是，老男人跟吴明海一直界线分明，总是端着副老死不相往来的架势，李珍宝却跟小孙子像穿了连裆裤似的，三天两头往这边跑。跑，当然也是偷偷跑。先是大摇大摆在那片空地上转悠，像个正在巡逻的士兵。乘他爷爷跟买东西的过路人不停砍价的空档，猫着腰，一溜烟就过来了。来了就往小孙子房里钻。好几次，吴明海无意中发现，小孙子对李珍宝的到来，也并不是喜出望外，相反，还有点不耐烦的样子。小孙子性格腼腆，不像李珍宝那样外向张扬。心里虽然并不怎么欢迎，面子上却不说什么，只冷淡着，不给对方好脸色。吴明海就暗自好笑，也罢，那小子爷爷给自己甩过来的颜色，全被小孙子原样还回去了。

李珍宝就像一条哈巴狗，也不管主人喜欢不喜欢，反正就是不断摇尾乞怜地围着小孙子转。为了讨小孙子欢心，每次过来，他都会随身带些糖果。一见面，就把衣服口袋翻个底朝天，嘴里嘁嘁喳喳地说："没了没了！全在这儿了，都给你！"时间久了，小孙子知道李珍宝离不了他，就像个真正的主人那样，一会儿支使他把椅子往桌子边挪近点，一会儿又命令他把铅笔削尖点，或者，正在睡觉的哥哥从床上翻下来，咣当一声落到地上，闷闷的，沉沉的，像遥远的某处地震了一样，他就会说："去，把哥哥搬到床上去！"李珍宝领了命，像梭子一样迅速蹿到哥哥那屋。结结实实一摊肉，他东拉一下，西扯一下，怎么也找不到一个合适的下手处。这时候，小孙子已经站到他背后，冷冷地、轻蔑地说："这么简单的问题都解决不了，真没用！"说着，走过来，往哥哥耳朵上一拎，地上的那摊肉醒了。一醒，就自己顺着耳朵被扯的方向摇摇晃晃地立起来。小孙子只用手指头轻轻一摁，那摊肉就又倒在了铺上。

李珍宝受了小孙子嘲弄，却丝毫不介意，不但不介意，还对他佩服得五体投地。他是真心服了呀。他想方设法不能解决的问题，别人不用吹灰之力就解决了，你不服，怎么行呢？

在学习上，更是如此。打个不恰当的比方吧。在这一片特殊的天地里，小孙子就像天上的凤凰在飞，而李珍宝，最多就是条地上的豺狗在追。可再怎么追，他还是在地上啊。所以，小孙子在他眼里，永远都是高高在上。而他看小孙子的角度，永远都是仰面朝天。追来追去，追到后来，他也懒得追了。反正追不追，人家都在你头上呢。还不如停下来，静静欣赏那空中凤凰的美丽风姿。

有一阵，小孙子觉得李珍宝爷爷对他们家实在太过分了。门前那么大一块空地，又不是他们家的，不过是恰巧在他们家门前而已，却搞得好像真是他们家的一样。爷爷老实本分，人家想怎么欺压就怎么欺压，连大气都不出一声。新鲜的豆腐打出来，路过的人闻到香气，本想过来买，一看那么窄的通道，摇摇头，又走了。爷爷没办法，只好把豆腐放到背篓里，背着去农贸市场周围叫卖。说叫卖也不叫叫卖。爷爷其实是只卖不叫。他觉得，卖豆腐是本分，让他叫，却不好意思。

说到底，爷爷还是个农民，没有生意人的那张厚脸皮。

小孙子愤愤不平地说：“你爷爷是你爷爷吗？怎么跟个恶霸地主一样？”

李珍宝登时一脸羞愧。他不单觉得爷爷的行为丢人，让他在小孙子面前没脸面，最让他担心的，万一小孙子不高兴，不理他了，不跟他玩了怎么办呢？

第二天，老男人刚把玻璃货柜推到空地上，还没把“地界”圈成四四方方的“围城”呢，就吼天吼地地大骂起来：“哪个狗日的，屙个屎还想当摆设呀？是没长屁眼儿，还是没长心眼儿？”眼神好像望的别处，脸却是朝着吴明海这边。

吴明海一看，那堆屎也确实拉得够毒，不偏不倚，刚好正对旁边那家门市前方玻璃货柜的位置。老男人不得已，没有证据，除了朝天骂几句，只好找来撮箕把秽物清除掉。又不想把污染的地方压在货柜下，就把货柜稍稍往后挪一点。

这一挪，就挪出了惯性。

第二天大清早，一堆屎又出现了。

第三天，还是大清早，一堆屎还是出现了。

…………

每一次，那堆屎都刚好往门市的方向拉进去一点点，就仿佛要迫使那排货柜往里退进去一点点。到了第五天，老男人忍无可忍了，除了照例指桑骂槐地叫骂一阵，竟然请来师傅，在门头上要安什么“监控”。监控安好了，再对着吴明海这边恶狠狠说：“这下，我看你还拉！”

吴明海也感觉纳闷，他也不知道这到底是怎么回事。既然老男人没有点名指姓，他也只能忍气吞声，装聋作哑，只当什么都没听到。心底里，却暗自夸赞，好家伙，这种办法也想得出。难道，这就是电视节目里所说的“蚕食”战术？

也不是没有过怀疑，他把小孙子拉到身边，问：“那些屎，是你拉的吗？”

小孙子满脸无辜，说：“爷爷，你瞎说什么呢？”

吴明海就不再问了。他相信孙子。孙子都快上初中了，从来没有在他面前说过一句谎。他说不是他，那肯定就不是他。

至于是谁，管他呢。这种缺德事，只要不是我们吴家人干的，也不算什么坏事。想到这里，吴明海心里就“咯咯咯”地笑起来。直到他脸上都浮出了笑意，老伴儿在一旁说：“你心情好哇，豆腐一半都没卖出去，你还笑得出。”才赶紧收敛了，去给大孙子兑药。

监控安好的第二天，老男人一家报警了。

警察来的时候，那泡屎还堆在那里，只是位置又往里边移了一点。警察往门头上一看，监控果然坏了。镜头的玻璃片被什么东西损坏了。警察到电脑前，把监控视频打开，开始仔细回放、查看。老男人夫妇俩虽然安装了监控，却不懂这些高科技，只任随警察捣鼓来、捣鼓去，唯唯诺诺的，像两个听话的“小学生”。

看了半天，警察突然把一个镜头定格下来。画面里，是一只弹弓。从不远处一个黑暗的拐角伸出来，正对着这个方向。

警察说：“我们已经查出来是谁搞破坏了。”

老男人满脸狐疑，说：“人影儿都没见呢，你们怎么知道是谁呢？”

警察嘿嘿一笑，说：“你问问你的孙子吧。”

老男人一回头，却见孙子正虎视眈眈地盯着他们，手里，正握着一把弹弓。虽然监控有点模糊，但可以肯定，视频里的那把，跟孙子手里的这把，绝对一模一样。

老男人终于搞清楚谁才是那些“屎弹”蚕食术的幕后真凶，也终于明白破坏监控的不是外敌，而是内贼。但直到警察离开，他什么都没说，什么都没做。他能说什么，做什么呢？把孙子臭骂一顿？他不忍心。孙子已经够可怜的了，从小父母就不在身边。小的时候，都是儿子儿媳回家过年才能见上一面；大些了，能自己坐车了，就乘暑假跑到父母那边，好歹也算多团聚一回。想想这些年，不是他这把老骨头在家里硬撑着，怕是比街头的流浪狗都不如。打？那更不行。孙子可是他心头的一块肉哇。打他，不就是打自己吗？

但也不能就这么算了。

孙子脑壳又没冒包，凭什么自己整自己？这是癞头上的虱子——明摆着的嘛，不受别人唆使，他怎么可能做出这么违背常理的事？旁边那家也真是作孽，大的是个傻子，小的看起来像个鬼精灵，却装着一肚子坏水。我们家这个也真是贱，动不动就往那边跑。有时候，你明明看见他溜过去了，吼都吼不回来！活像那边有磁铁一样。现在好了，你把人家当棉袄，人家把你当枪使。一梭子过来，扫的全是自家人。越想，火气越大。到最后，竟像倒尿罐一样，把满腔的怒火全泼向了吴明海这边。

“别以为躲在暗处我就不知道，大的小的，没一个好东西！”

“我就不让道，我就给你添堵！看你能把我卵咬了！”

“自己不好好做人，还要祸害别人。这是什么家教嘛！怪不得生的尽是些怪胎！”

…………

还是没指名道姓。

吴明海明明知道对方骂的是自己，可还是只能哑巴吃黄连——有苦说不出。不过，以他的性格，就算老男人点名指姓骂过来，也未必会明火执仗干回去。

吴明海没有想到，孙子会把手机还给他。

刚开始，他以为还是手机坏了，师傅没发现问题，没修好。他正要把手机再拿去修，孙子开口说话了。

孙子说："手机没坏。是我自己不想用了。"

吴明海问："这是为什么呢？爷爷相信你。"

孙子说："可我自己不相信自己。"

吴明海想了想，说："你不是已经把李珍宝删除了吗？"

孙子说："我是把他删除了。可他还是可以打电话、发短信过来。弄得好像我欠他什么似的。我是吃了他不少糖，他是给我打了不少帮手，可不能因为这样，我就要做他那样的人哪。我不想被骚扰，我只想安安心心学习应考。我不想对不起您，对不起奶奶。"

吴明海好像听明白了孙子的意思。

但他不明白的是，孙子不用手机了，为什么还是整天都是一副愁眉苦脸的样子，好像世界上没有一件令他高兴的事。这完全不像从前那个小孙子呀。从前的小孙子，哪怕都已经上了高三，不管哪次考试回来，都是开开心心地报喜呢？

"爷爷，我这次考了全班第十。"

"爷爷，我这次考了全班第六！"

"爷爷，我这次考到全班第五了！"

…………

可是现在，吴明海都记不清小孙子有几个月没有回家报喜了。别说报喜，就算是平平常常，把考试成绩通报一声，也没有。吴明海眼不瞎，他看得见，小孙子学习其实比以前更刻苦、更用心。夜里一点以前，从不睡觉。试卷做了一张又一张，好像永远都有做不完的题。题不做完，怎么能睡觉呢？吴明海也心疼，也想对孙子说点什么安慰或者鼓励的话。可他嘴一张，又完全不知道该说什么了。

说什么呢？一辈一辈的人，碰到问题，不都是靠自己硬撑过去吗？

直到小孙子的班主任站到他面前，他才意识到，可能问题不是自己以为的那么简单。他才想起，前面那段时间，每次他起夜，都看见孙子房间的灯亮着。他知道孙子没睡，肯定还在学习，在做题。他想过去劝他睡觉，可古人不是说，“吃得苦中苦，方为人上人”吗？

再苦再累，也就是这几个月的事呢。

把最后这几个月熬过去，就能成为人上人，就能为我们吴家争光。

班主任看着手足无措的吴明海，说：“小吴说得没错，你们这里果然好找，梯子一下来就是。”顿了顿，又说，“本来想通知你们家长到学校去说，可又一想，还是我亲自过来，影响小些，也说得更清楚。”

吴明海说：“如果孩子在学校惹了祸，回来我一定收拾他。”

班主任说：“现在不是收拾不收拾的事。现在最紧要的，是赶紧把孩子领回家。”

吴明海一脸诧异，说：“老师，你不是开玩笑吗？只有两个月，就要高考了呢。”

班主任叹一口气，说：“正是因为马上要高考了，所以我们才建议你们把孩子领回来。先休养一段时间，等明年，如果情况好转，再说考试的事。”

吴明海完全被班主任搞晕了，说：“这是为什么呢？”

班主任想了想，像下了很大决心似的，必须把事情挑明了，说：“孩子得了抑郁症。前段时间，我们学校在市里请了专门的心理辅导老师过来讲座，发现了问题。”

吴明海不懂什么叫“抑郁症”，问：“抑郁症是什么症？是病了吗？”

班主任说：“也可以这么理解吧。只不过，不是孩子身体病了，是精神病了。我们本来非常看好他，以为今年高考，一定可以为学校争光。也不知为什么，这几个月，成绩下滑得那么厉害……可能，就是压力太大了吧。”

吴明海把小孙子领回家的那天，又听说了一个十分震惊的消息：隔壁那家的孙子，那个叫李珍宝、曾经一度围在小孙子身边、把他当明星一样追捧的年轻人，被抓了。

是因为涉嫌强奸，被警察抓走的。

吴明海听到这个消息的时候，正准备给大孙子喂药。手一抖，药水洒得孩子满脸都是。不想，大孙子丝毫不气恼，还以为爷爷在跟他玩游戏呢，“嘿嘿嘿”地笑个不停。

吴明海看一眼傻笑不止的大孙子，又看一眼闷声不响的小孙子，还没把一口气叹出来，老人机响了。

儿子在那边兴奋地说：“爸，告诉您个喜讯：您马上又要当爷爷啦！”

（原载于《辽河》2021 年第 11 期）

麝香

壮汉进来，把身子一歪，背上一个巨大的编织袋便顺势落到地上，发出沉闷的一声："砰！"不等老先生出声，又旋急转身，将卷帘门"哗啦"拉下来。

老先生愣在那里，好半天没有反应过来。

壮汉上前一步，声音压得很低："先生还记得我不？"

灯光明亮。老先生仔细一看，顿觉面熟，再一回想，原来是前几天刚来找他看过病的中年人。中年人来的时候，不多言不多语，只管往他对面的椅子上坐下，伸出手来。老先生也不说话，纤弱的几根手指往他脉搏上一搭，轻描淡写地朝他脸上望了望，然后，就垂下眼睑，似乎在望着桌上的医书，又似乎在盯中年人那双粗粝的手，或者，其实什么都没看，无非是既然生了一双眼，就要睁着一双眼。老先生终于开口了，问："你哪里不舒服？"中年人说："这正是我想问先生的。"老先生心中"咯噔"一声，想，这难道是来砸场子的不成？老先生何许人也，从民国二十二年生，在人世沉浮已八十又七载，什么样的世面没见过？什么样的人物没碰到过？老先生把眼睑压得更低了，看起来，就像一尊慈眉善目的活菩萨。老先生把手从中年人的腕上拿下来，说："我这里是中医诊所，只看病人，不看好人。"中年人眼前一亮，如同一道火炬从他眼前划过。

中年人一把抓住老先生的手，就像马上要沉河的溺水者，突然抓住从身边漂过的半截木头，十分歉疚地说："先生果然厉害。"怕老先生不懂他来意，一个好端端的壮汉，干吗跑来看医生？又说，"其实要看病的，不是我，是我老婆。"老先生这才抬起眼，说："哦？"中年人显然由于兴奋过度，有些语无伦次："我老婆，有精神病，一直找不到个，好医生……"

这下，老先生总算明白了。中年人先前的所作所为，无非是为了试探他的医术罢了。也或者不全是医术，可能还有医德的部分吧。现在的许多医生，病人没病，也要说成有病的。没病，他还挣什么钱？再想想，中年人也真是难得，现在的男人，又有几个能做到像他这样呢？别说精神病，就算女人正常得不得了，被男人离婚的、背叛的，还少吗？老先生有点被感动了，不知不觉，把熟稔于心的治疗方法脱口而出。然而，老先生才说完，中年人就沉默着，黯然离开了。

不承想，才几天过去，中年人又不请自来。这一次，来得更突兀。首先是时间点。这是个什么时候呢，天都已黑尽，诊所的灯都开了近半个时辰，把该收拾的收拾收拾，就该关门回家了。然后是摆在地上的那个巨大编织袋。那么大一堆，里面到底装的是什么呢？刚才中年人进来，整个身子仿佛都被编织袋覆盖了一样，仿佛闯进来的，不是个人，而是个竖着行走的编织袋。

中年人恭恭敬敬地站在老先生面前，说："先生上次说，治精神病，最好用麝香，再加牛黄几味药。"边说，边往地上一指，说："今天，我把麝香带来了。"老先生一惊，赶紧朝门口看了看。他这才明白，中年人为什么刚一进屋，就转身把卷帘门拉下来。老先生叹一口气，说："麝香我这里有哇，为什么非要……"下面几个字"去干犯法的事呢"，老先生忍住了没说出口。中年人说："先生不是说了吗？野生的效果最好，你这里的，都是人工饲养的。"老先生一想，那天也果真是这样说的。就有些后悔，不想自己的几句真言，既害了獐子的命，又害了中年人干出犯法的事。中年人似乎看出了老先生的心思，说："先生不要自责。我就算不打獐子，也没钱给老婆治病的。我知道，就算人工饲养的，也贵得很。"

中年人走到编织袋面前，把封口一扯，手伸进去，拖出一只獐子来。老先生不忍直视，却又忍不住去看。他正在想，獐子拖出来，怎么编织袋还是那么大一堆呢？却见中年人手又伸了进去，一拽，又出来一只。老先生心中大惊，差点“哦嚯”一下叫出声来，第三只獐子，却又瞪着一双圆鼓鼓的眼睛，摆到了跟前。

中年人站起来，说：“我想这三只獐子，取的麝香治我老婆的病，肯定用不完。用不完的那些，先生您留着，就当是我付的治疗费吧。”

老先生站在那里，半天没有说话，手却不知是因为站得久了，还是因为别的什么原因，一直抖动着，毕竟年岁太大，经受不住。场面就有些僵持。老先生是主人，还是他先打破僵局。老先生说：“不是我不想治病，实在是因为……”中年人打断他说：“先生要说的话，我都明白。您不必担心。獐子是我打的，也是我运到这里来的，跟您没有丝毫关系。”

老先生说：“可是，法律是不分卖和买的。只要交易，都会同样处理。”

中年人说：“我们没有买卖呀。都是我送的，哪里买卖啦？更何况，这件事，只有天知地知，您知我知。”

老先生说：“我都活八十七了。世上没有不透风的墙。”

中年人又一次沉默下来。也不知过了多久，突然，只见他双腿一屈，跪倒在地，眼泪说流就流了出来。中年人也不去擦拭哗啦啦直往下淌的泪水，身子往地上一弯，又弯，再弯，三个响头就磕了下去，嘴里说道：“先生您就救救我老婆吧。她的命是真苦哇。”

中年人说，他老婆是外地人。两个人是在广东打工认识的，结婚以后好些年，女人的肚皮都不见动静。两个人就商量，是不是都在外地打工，住的都是厂里的集体宿舍，聚在一起的时间太少了。夫妻俩年龄越来越大，想要孩子的心也越来越迫切，可年龄越大，特别是女方，怀孕的概率就越小。所以，他就索性把老婆带回老家，先种点地，喂点猪维持家用。等孩子的事有眉目了再作打算。不想，有一天两个人因为总怀不上孩子，开始拌起嘴来。老婆说，会不会是你身体有毛病啊？身强体壮的男人一听这话就不高兴，直接给她顶了回去，你才身体有毛病！这样你来我往，本来和和美美的两口子，争吵的气势，就如同秋后山上的星星之火，一会儿就成了燎原之势。男人忍无可忍，吼了声，滚！女人也毫不示弱，还嘴道，滚就滚！说完，起身就走。可那是黑咕隆咚的半夜三更啊。男人想，黑灯瞎火的，看她能跑哪儿去。只认定她走不出多远，就会吓得乖乖溜回来。不承想，女人也是个犟脾气，看男人不来追自己，说明自己在他心中就跟一根草似的，有和没有都一样。越想越来气，越气就越不愿回头。于是，男人在家像个傻子一样等着老婆回来，女人却在外面山上疯了似的到处乱跑。

第二天，等男人在一个岩洞里找到老婆的时候，心都快碎了。老婆都成了什么样子呀，昨天还像只母老虎一样，得势不饶人，今天躺在那里，简直就是不知跃到岸上多少时辰，完全没了呼吸的一尾鱼。再往她下面一看，裤子被脱到了膝盖处，光溜溜的屁股和大腿，晃得他眼睛都睁不开，差点就从脚下那块巨大的岩石上栽倒下去。

那天，老婆醒过来就开始胡言乱语，不是跑到镜子前搔首弄姿，就是抓住男人又啃又咬，真正像只饿极了的母老虎，或者，就是呆呆地坐在门前，望着远处的大山，自言自语，我的儿呢？我的儿跑到哪儿去了呢？

女人疯了。

女人把男人彻底挡在了她的世界之外。

“我对不起她。”中年人说，“我想医好她。我还想跟她生孩子，不管男孩儿女孩儿都好。我的要求不高，只要我们一家人太太平平在山里过一辈子就心满意足了。”

中年人说这话的时候，满目泪光。

但老先生并没有因为心生怜悯，就答应中年人的要求。

直到中年人使出他的撒手锏。中年人说：“先生，如果您不帮我，那就别怪我——打举报电话，我找了好久才找到。”

老先生万万想不到，中年人会使出这一招。假如他真的把电话拨出去，那将意味着什么呢？那将意味着简简单单的四个字：人赃俱获！

老先生并没有告诉中年人，他答应治疗他老婆的真正原因，并不是被中年人的举报威胁吓住了。

老先生虽然已经八十七岁高龄，但依然红光满面，耳聪目明，满嘴的白牙半颗都没少。不认识的人，一见面，都以为他才六十出头的样子。也不知道是上天特别眷顾他，还是他因为得了中医的妙法，保养有方。唯一的不足，怕就是个头瘦小了些，看上去，顶多一米六左右不得了了，在中年人前面，就像个老小孩儿似的。但这仿佛也不能称之为不足。个头瘦小、本事巨大的，从古至今，大有人在。

老先生说：“这里是诊所，不好处理。等再晚点，我们去家里。”

没过一会儿，外面竟有人敲起了卷帘门。

中年人警惕地看了老先生一眼。那意思是说，我都那么小心了，不会有人跟上来吧？也是，如果是病人，见大门紧闭，肯定会打道回府。老先生静听了一小会儿，才说：“没事。”

门开了一小半，中年人见一个和自己年龄相仿的女子弯腰进来，手里还提着不锈钢饭盒。中年人知道是老先生的女儿，刚才不在，原来是回家做饭去了。

老先生的家离诊所不远，楼层也低，三楼，所以，中年人将编织袋背过去，没太费事。

夜已经很深了。窗外的星星像起了群，故意要堆到窗口来看热闹似的。三只獐子的尸体摆在地板上，虽然都睁着眼，却永远也无法像明镜一样将星星们映照进去了。如果獐子的眼也是星星的话，那么世上，从此就少了六颗星。

老先生年纪虽大，动作却十分麻利。他先是到卧室，也不知翻箱倒柜找什么，只听到“扑哧”一声，人就出来了。也不到客厅，只径直往厨房去。再露面时，左手一把菜刀，右手一根细长的布条，说裁缝不像裁缝，说厨师不像厨师，倒像只古灵精怪的老猴子。

老先生到了獐子近前，蹲下身去，挪过一只个头最大的獐子，翻过来，让獐子保持仰面朝天的姿势——仰面朝天，贵比黄金的麝香，不就是从这个姿势开始形成的吗？但此时此刻，他根本没有心思去想那些，他只想快点把事情完结，然后，送客出门。不，也许不是送客，其实是送瘟神呢。

就见他左手抓住獐子的一只后腿，右手掌伸出去，用虎口对准獐子的肚脐眼，然后从上往下，朝肛门方向用力擀压，直擀到獐包在其下身形成鼓鼓囊囊的一团，就像个大号的核桃似的。这才换成右手压住獐子身体，左手抓住獐包，逆时针拧上一圈。再拧，直到实在不能再紧了，将布条缠在像麻花一样的打结处，用力将布条再打几个结。然后提起菜刀，对准打结处靠獐身一方，一刀下去，圆溜溜的獐包就攥进了老先生掌心。

整个过程，一气呵成，一点都不拖泥带水。看得中年人眼睛睁得老大，一眨不眨，活像房屋里突然又不知从哪里多冒出来两只獐眼似的。惊讶得还没有醒过神来，另两只獐包，也从獐身上分离出来，到了老先生手里。

半晌，中年人才说："看先生手法，怕不是第一次做这种事吧？"

老先生一征，突然间呵呵一笑，说："我父亲是当时有名的中医，小时候看他取过麝香，现在还记忆犹新。"

这是他们见面以来，老先生的第一次笑。也许他真的记起了老父亲的音容笑貌，禁不住真情流露，也可能是，他终于大功告成，了却了一桩心事。至少今晚，他很快就可以安眠下去。

接着，老先生吩咐女儿将地板上的血水清理干净。又回过头来，对中年人说："现在，你把它们搬走吧。"

这一晚，老先生却没能安眠。

他，失眠了。

他躺在床上，眼前老是晃动着獐子的眼睛，像窗外的星星一样起了群，一只，两只，三只，四只……数也数不清。区别仅在于，星星总是那么生机盎然、活泼灵动，獐眼却死气沉沉、灰暗无光。不，这样说好像也不对，那还是小时候，他也见过像星星一样灵动、一样闪烁着生命之光的獐眼。那大概是在很高很高的悬崖上面吧。头顶是瓦蓝瓦蓝的天空、纤尘无染的白云，阳光像无数条金线一样编织着世间的温暖与美好。青青的野草铺天盖地，从这边这座山，一直绿到那边那座山，再那边那座山……不远处，一只棕褐色的獐子正仰面朝天，叉开四肢晒太阳。那模样，就像父亲躺在地坝的凉板席上，让他给他挠痒痒一样。听父亲说，獐子一热，就会把肚脐眼张开，里面发出一种异样的香味，吸引着周围各种各样的虫豸，成群结队地跑过来，直往肚脐眼里钻。虫豸一多，獐子就感到奇痒难耐。于是，肚脐眼一闭合，翻身起跳，一跃一两米，那是常有的事。千奇百怪的虫豸被包裹在獐子的肚脐眼里，会拼了命地抓呀、刨哇，咬哇、钻哪，却终归无济于事。待獐子在悬崖边狂奔几座山，虫豸们都闭气死光了，獐子也不痒了，才终于消停下来。而那一包又一包的虫豸，却从此被獐子吸收，变成了珍贵无比的中药——麝香，所以麝香在民间，又叫百草药。

百草药到底是一种什么药呢？

老先生把侧卧的身子平躺开来，心脏的压力变得小了，或许可以安静地睡一会儿。至于桌上的那三只獐包，他会等它们慢慢干了，才将毛皮、油皮一层层剥开，露出像纸一样透明的一层，里面那些颗粒状、像咖啡一样的晶体，就是麝香了。

老先生医术高明，声名播得很远。邻近几个县，到他这里来看病的人，不说络绎不绝，也必得事先预约，否则很难看上。加上他五十岁内退还乡以前，在武汉、成都、昆明等地工作，当时看过的病人，见过奇效，现在碰到新的问题，或者有亲戚、熟人、朋友碰到他以前碰到过的老问题，又在他的介绍之下，辗转过来求医。县内县外的病人一加起来，数量确实惊人。老先生还有一个不成文的规矩，每天只在上午 8 点至 11 点之间接诊病人。其他时间，不是独自研读医书，就是跟别人眼中的“女儿”一起斗斗地主。有时候病人错过时间，除非是远道而来，他也会劝其回家，另择时间过来。病人不解，老先生就说：“我都八十七了，脑子用多了会糊涂。我现在不放松，就算给你看了，也肯定没有明天上午来效果好。”病人一听，生怕因为自己的执拗而贻误了病情，只好悻悻而归。多年来，凡事找他看过病的人，大都摸出了点门门道道，老先生看的病，几乎都是疑难杂症，很少见那些小打小闹的过来。

最神奇的一个病例，一直在病友中间口口相传。那都是十几年以前的往事了。上海有一个病人，得了脑干癌，双目失明，瘫痪在床。上海的医院说，我们解决不了，你去北京吧。于是病人就去了北京。北京的医生一检查，直接就跟家属说，这个病，全世界还没有一例被治愈的，你们回去吧。能吃就吃，能睡就睡，让病人好好过几天舒心日子。家属流着泪说，医生，我们在上海有三套房。只要能治，我们把房都卖了也要治。医生叹一口气，说这不是钱的问题。再多钱，肿瘤它也看不上啊。也是机缘巧合，病人一家回到上海，在火车站碰到一个下力人，下力人过来帮他们搬行李，一路上，无意间说到这个病情。下力人说，我知道我老家有一个老中医。要不，你们找他试试？下力人在上衣口袋里掏了半天，掏出一张纸，说：“我也记不清他的电话了，打几个试试。”于是挨个打，没承想，居然就真的跟老先生联系上了。用药一个月，病人就睁开了眼，三个月过去，便可以独自下地行走。十几年了，病人现在怎么样了呢？

“现在啊，他都到济南做生意去了。前不久，还给我寄了包济南特产酥煎饼呢。”老先生乐呵呵地说。

中年人之所以找到老先生，请求治他老婆的精神病，自然也是这个道理：癌症他都能治好，何况区区一个精神病呢？

但接下来，两个人还是为难了。其他人来找老先生看病，都是把病人带过来，或者病人自己就过来了。但中年人不可能把老婆带下山来，一下山，依她现在的病情，非得五花大绑不行。那个样子，谁还敢往城里带？老先生就算是观世音下凡，也那么大岁数了，不可能随他一起上山。那么远、那么陡峭的路程，万一有个什么闪失，谁能负那个责？

中医讲望闻问切。“闻”和“问”，有中年人在，还好办。可病人都见不了面，怎么望，怎么切呢？

老先生想了想，说：“要不，我们用手机视频吧。”老先生想的是，视频里虽然把不了脉，但总还能看个大概。不想，中年人十分委屈地说：“真的不好意思。手机，我没有。”

老先生眉头一皱，疑窦顿生。现在都什么年代啦？再没钱，买个手机，对一般的家庭来说，难道还是个问题？但他自然不好说出口，只微微一颔首，说：“那，我只能摸着石头过河了。”

老先生摸着石头过河，还是摸出了名堂。半个月以后，中年人进城来说：“多亏了先生。老婆好多了。”两个月过去，开的面子药也吃得差不多了，中年人又过来说：“先生真神医呀，老婆基本恢复正常了。”老先生却说：“别高兴得太早。”中年人不解，心想哪有医生不巴望病人快点好的？病人好得快，说明医生医术高明啊。当然，也有那种只知道赚病人钱财的假医、庸医，非得把个芝麻大点的小病当成大病来治，那就另当别论了。

老先生早就看出了中年人的心思，说：“这个病，容易反复。好不好，还得看几年再说。”

然而，中年人终于没有等来老先生说的那一天。

中年人还没有等到见证老婆到底好还是没好的那一天，就出事了。

中年人再次出现在老先生诊所门口，已经是三个月以后的事了。中年人一出现，老先生脑子里就嗡的一声响，心道，完了，该来的还是来了。他的眼前又出现了那六只黯淡无光的獐眼。

中年人走进来，一句话没有，就像他第一次来诊所时那样。到了老先生面前，扑通一声就跪倒在地。

这是他第二次跪倒在老先生面前了。这一次，老先生没有动。没有像上次那样，赶紧上前一步，将他扶起来。

中年人像上次一样，伏下身，痛哭流涕道："我老婆，以后，就只能拜托先生了。"

这是一句普通得不能再普通的话了。这句话清楚地表明，今天，中年人带着穿制服的人过来，并不是像老先生所预料的那样：他为了减轻自己的刑责，将老先生也供了出去。当然，他并不清楚，就算他真的将老先生供出去，老先生也一样会安然无恙。

中年人这次过来的真正目的，是专程来向老先生托付他老婆的。他希望老先生以后还能继续给他老婆治疗，变成一个正常人。

"她现在可以自己进城了。先生帮她继续用药就可以了。"中年人声泪俱下，恳求说，"我犯了死罪。再也不能照顾她了。"

老先生心中没来由地一痛，怪不得警察能答应带他过来，原来这是来向他交代后事了。但是，如果是猎杀几只獐子，不至于搞得这么生离死别的？老先生像预感到了什么，终于开口道："其实从你的谈吐，我就怀疑，你不是一般的农民。你是到山里躲难去了。"

老先生的心揪得更紧了，如果他不是为了他老婆，想方设法给他老婆治病，一趟又一趟往城里来。以他的警觉性，连手机都不敢用，警察要找到他，怕是真的不容易。

中年人忽然说："你女儿跟我老婆患的是同样的病吧？"

老先生一惊，盯着中年人的脸，说："你——"

中年人已经站起来，脸色恢复了平静，就好像老先生已经答应了他的请求，了无牵挂了似的。中年人说："那天我过来，先生刚好上厕所去了。您女儿就跟我闲聊说，这药不怎么苦，她都喝了二三十年了，让我老婆放心喝。从那一刻起，我就知道，先生一定会用心治疗我老婆的。"

老先生慨然一声长叹，说："你只说对了一半。她其实不是我女儿，是我老婆。"

原来，老先生从外地回来以后，前任老婆去世。有一天，他在回家的路上碰到个年轻的疯女人，也不知经历了什么，才变成这般让人揪心的模样。心一软，就带了回来。他想把她治好以后，再让她回家。那时，《中华人民共和国野生动物保护法》还没有出台，打几个獐子，也不算多大个事。慢慢地，女子果然变得正常了，却死活不肯离开。女子说："我已经没有家了，先生赶我走，我只好流落街头了。"女子说这话的时候，才二十出头，如今，都是近五十岁的妇人了。女子的"好"，也不是完全彻底好了，每年冬天，如果不喝药，就可能复发一阵。但只要喝药，就可以控制住。这是令老先生十分头痛的事。所以几十年来，他都在想办法，有没有一种配方，可以完全治好老婆的精神病呢？

办法，他还一直在摸索寻找中。

“说到我的女儿，”老先生把嘴微微一努，说，“她就在你身后。”

中年人一回头，却见女警正挺着笔直的腰身，神情庄重地望着他。

（原载于《辽河》2022 年第 10 期）

盲生

从到师傅店里来的第一天起，安生就觉得，自己比师傅能，以后，肯定要比师傅过得好。他之所以有这种感觉，当然不是盲目自信，而是拿得出确凿的证据。比如说，师傅做饭、掺水、淘米、择菜、切肉、打火、翻炒、起锅，每个动作都可以准确无误；师傅上厕所，也从不要人帮忙递手纸；师傅给客人按摩、铺床、搭被、开风扇，更是熟门熟路，行动自如。但是，师傅的所有这些动作，都有一个共同特征，就是慢。师傅动作的准，是因为对周围环境太熟悉，熟能生巧嘛，这是谁都懂得的道理。师傅动作的慢，自然是因为眼睛看不见，就像闭着眼睛开车，再熟悉的路，一快，也可能随时翻车。

安生没有师傅的困扰，或者说，安生没有师傅这么彻底绝对的困扰。因为，安生不像师傅，眼睛一点都看不见。安生还能看得见一点。安生并不是一般意义上的盲人。他只是弱视，是程度非常严重的弱视，弱视到，在一般人眼中，就等同于一个盲人。但其实，别人与他相隔半米以内，他还是能分辨出对方的大致轮廓。他甚至还能玩手机。当然，手机这玩意儿，师傅也能玩。可师傅玩手机，跟安生玩手机，虽然都是玩手机，却又完全不同。师傅玩手机，完全凭借的听力和手感。安生不是，安生还能运用到仅存的那点微乎其微的视力。他把手机屏幕开到最亮，贴近自己的脸，贴近到，屏幕仿佛都成为脸的一部分的时候，另一个世界，就在他眼中次递铺展开来。

这是安生的优势。保有着许多盲人都为之向往的——虽然很微弱，但毕竟现实存在——连接黑暗世界与光明世界的稀薄通道。所以，在做师傅同样事情的时候，安生会快得多。

安生不但像师傅一样准，还能比师傅更快。

既然如此，他还有什么理由怀疑，将来不会比师傅过得更好呢？

安生越来越觉得，父母送他到这个盲人按摩店来学艺，是无比英明伟大的决定。父母都是普通得不能再普通的农民，前半辈子只懂得在泥土里刨粮食吃，再没有其他本事。后来在村里人的撺掇下，夫妻双双南下打工，把小安生留在外婆身边带。村里不像城里，有专门的特殊教育学校，所以安生从小就只能跟其他孩子一样，上同样的学校，读同样的书。可是，安生怎么可能像其他孩子一样上课呢？虽然那时候他的弱视还没有严重到现在这种程度，但即使坐在第一排，他也很难看清老师写在黑板上的字。所以，一个班几十号人，只有他，是真正在“听”课。老师讲，学生听，就算不看黑板，只要足够认真，影响也不算致命。最恼火的是看课本，做作业。安生按正常孩子的姿势，看不清课本上的字，连自己写在作业本上的笔迹，也只是模模糊糊的一片。他就只能把腰弯下来，把头低下去，才能看清一点。这样时间长了，视力就变得越来越坏。视力越来越坏，他就不得不将腰弯得更低，直到像一张真正的弓，把头低得更下，就像快要沉入水面的钓竿。

久而久之，在同学们眼中，安生就成了个小盲人。

盲人的世界，与同学们的世界，是多么的格格不入哇。下课了，同学们在操场上、走廊里，跑得跑，跳得跳，开开心心，快快乐乐，安生却只能安安静静地坐在座位上，做昨天没有完成的作业，或者抄上一堂课没有抄完的笔记。也有时候，他一个人走到教室门口，朝操场的方向“望”过去，出会儿神，发会儿呆，好像他唯一能做的事，就是等待上课的铃声一响，又摸索着回到座位上。最闹心的还是上厕所。厕所明明就在教学楼下、离操场不远的地方，换了其他人，一溜烟就跑去了。可他不行，他不是跑不起来，他是不能跑。一跑，可能就是个“狗啃泥”。哪怕屎都涨到肛门边上了，他还是只能一步一步，稳扎稳打。有好几次，他都闻到裤裆里的臭气了，可连厕所门都还没摸到呢。

这些都还能忍。

这些都还只是生活的不便。

最让他难以忍受的，是同学们与他的距离。是的，距离。他觉得，随着年龄的增长，他与同学们的距离越来越远了。同学们也不是不关心他，不是对他不好。可越是关心他，越是对他好，他就越觉出自己与同学们的不同。同学们每向他伸出一次手，就是向他强化一次认知，你看，只有他，才需要这样的帮助。慢慢的，他自己也觉得，自己就是个盲人了。

他真正的痛苦，正源于此。

安生自己都记不清，那些年，自己是怎么熬过来的。好歹，总算把初中熬出了头。父母又开始犯愁。儿子不读书了，总该找个事情做吧。可是，做什么呢？他能做什么呢？让他到广东来跟父亲一起去工地背水泥，还是跟他母亲一道去工厂踩缝纫机？

父母心里其实也跟明镜似的，以他目前的视力，说这些都是瞎掰。

然后他们就想到了一个远房亲戚。这个远房亲戚也是命运多舛，6 岁时吃药吃坏了眼睛；16 岁一个人偷跑出门，走南闯北，自力更生；26 岁，居然从外面带回来个新媳妇——虽然这媳妇也是个盲人，但毕竟其乐融融成了家，从此告别了单身——到新县城开了家盲人按摩店。现在，这个远房亲戚都 36

岁了，不但有一个两岁多的小女儿，活泼可爱，乖巧伶俐，而且，看他媳妇挺得高高的大肚皮，第二个孩子，也很快会降临到他们身边了。

这个远房亲戚，就是安生的师傅。

但是这几天，安生突然又觉得，自己赶师傅其实还差得很远。好不容易才找回的一点自信，仿佛被门口刮进来的一阵风，一下子就扑灭了。

首先，他发现，在按摩这个事上，并没有因为自己还有点微弱的视力就比师傅更胜一筹。相反，因为眼睛还看得见一点，手底下就不如师傅那么专注。师傅是个完完全全的盲人，所以，他就只能将他所有的注意力全放在手上。这专注，会像电波一样，会传导，会从师傅的手一直传到客人舒张的毛孔，传到一根根细微的神经上。客人们总是能从师傅手底下不停的挤压、揉按和捶打中，体验到更舒服的感觉。有时候，师傅一个人忙不过来，会对在一旁等候的客人说："他按得也不错，让他先按嘛。"安生当然知道，师傅嘴里的"他"，就是指的他安生，客人也肯定明白，师傅所说的"他"，就是旁边这个年轻盲人。但大多数时候，客人会委婉推托，说："不急，我再等会儿。"说这话的，多半是熟客。来得次数多了，知道只有在师傅手里才能找到想要的那种感觉。也有一些时间紧的，或者第一次来店里，还不明就里的，会顺从地往安生面前的那张按摩床躺下去。

安生也想好好给客人按摩。安生也想让客人满意。可是不知道为什么，每一次，他下手不是太轻，就是太重。客人要么说："用点力嘛，怎么像个女孩子哟！"要么又突然开口叫道：“哎哟哟！能不能轻点！骨头都快被你捏散架了！”客人越是叫，安生就越无所适从。几叫几不叫，客人就起了身，说：“算了算了，我还有事，下次再来吧。”也有不留情面的，边起身边咋呼：“这哪是按摩，简直就是要人命嘛！”

说得按摩店好似个黑店一样。

这时候，安生也会找理由自我安慰。比如他会这样想，师傅嘛，毕竟是师傅，手艺肯定要比徒弟更胜一筹。不然，怎么不叫我师傅，叫师傅“徒弟”呢？但他知道这样的想法，不过是自欺欺人。他不能令客人满意，固然有学徒阶段手艺不精的因素，但更多的，还是因为他那双眼睛。

他在努力运用他那双眼睛。他以为，尽管看得不清楚，但毕竟还看得见一点。看得见一点，总比什么都看不见要好哇。可是，他没有意识到，他越是努力想运用那双眼睛，手底下，就越是被忽略了。按下去的手，怎么可能不轻一下、重一下，好像完全没有把关似的呢？

当然，等安生完全想明白这个问题，已经是好几年以后的事了。对当时的他来说，他是不服劲的。他甚至觉得，客人之所以不欢迎他，只有一个道理，因为他是徒弟。

在按摩这个事上，他与师傅的距离虽不只十万八千里，但总还能找到顺理成章的理由。可接下来的这道坎，他是无论如何也难以迈过去了。

师傅家这几天忙成了一锅粥。

所谓家，也不是像普通人家那样的套房，厅室俱全，厨卫搭配，条件好点的，还可能外加一两个阳台。师傅家不是。师傅家其实就是在按摩店里，是典型的以店为家。具体来说，就是临街一间门市，卷帘门拉上去，安了两扇玻璃门。主要是为了美观，也有实用方面的考虑。因为到了夏天要开空调，卷帘门拉上去就是个敞口，关不住冷气。进门一米左右，竖起一道墙，墙上开两扇窗，左下位置再开一道门，有点类似于屏风的造型。这堵墙也不是拍脑袋随便拍出来的。师傅的考虑是，里面空间有限，如果客人稍微多来几个，大家都挤到屋里，按的在按摩，等的在等待，毕竟不方便，不如在进门处摆一把长椅，往新添的墙壁一靠，人就可以在外面坐着等。从左下的门进去，右手一溜儿并排铺开三张按摩床。白色的床单铺展得齐齐整整。旁边的小木柜里堆放着铺盖，也是白色的筒套，风格而言，既像简陋的客栈，又像个私人诊所。从按摩床整齐的摆放和洁净的地面可以看出，师傅眼虽盲，却是讲究人。照理说，布置三张按摩床，有些多余。因为店里目前真正能上手的，只有师傅一人。安生偶尔能派些用场，即便如此，也只需两张床。剩下的一张，倒既占地又碍眼了。碍眼主要是针对客人而言。对师傅来说，反正看不见，碍眼不碍眼，都是一回事。但当初师傅之所以有这样的安排，也不是没道理。因为他们租下这个门面，开张营业时，还只有师傅师娘两个人。两个人一人用一张按摩床，剩下一张床，就是留着带徒弟的。只不过，后来徒弟是带了，师娘却没能再用上剩下的那张按摩床。因为，他们的小女儿很快就出生了。师娘把主要精力都用在带孩子上面去了。本以为孩子长到三岁，送去幼儿园，师娘再回到按摩床边，像师傅一样重操旧业，不承想，第二个孩子又把师娘的肚皮撑大了。

师傅家这几天之所以忙成了一锅粥，是因为，师娘终于要生了。

大约十天前，师娘已经被送去过一次医院。师娘在医院里挨了一天一夜，明明疼痛难忍的肚子又渐渐恢复了平静。医生一看她这种情况，说还是来早了。也知道照顾她的人是临时请来的亲戚，不像自家人，在医院多待一天少待一天无所谓，所以又说，反正你们隔得近，不如先回去观察，等真正“发动了”再说。

从昨天开始，看样子，师娘是真正要“发动”了。倒不是嘴里不停地哼哼腔腔的样子，上次也是。而是，师娘确实有些坐立不安了。一会儿往厕所跑，还没两分钟呢，又忍不住爬到二楼铺上去躺着。这个门市本来没有楼，是单层，但楼层很高，他们租过来，就多加了一层楼。用木板挑起来，下面一层，临街一方是门市，另一方用作厨房和厕所，中间隔出一个小单间，安生就住在这里。楼上则专供师傅一家起居。所谓麻雀虽小五脏俱全，这话用在这里，是再恰当不过了。

师娘在楼上才刚躺下，又觉得浑身不自在，独自抚着楼梯，摸索着下来，东走几步，西转一圈。总之是，就像只热锅上的蚂蚁，怎么落脚，都是一个烫字。师娘忍不住了，对师傅说：“要不，我们还是去医院吧？”师傅闷了一小会儿。现在店里没客人。师傅说：“倒不是心疼钱。我一个人陪你去，也没法照顾哇！还是得请表姐过来……”师娘明白师傅的心思。表姐虽说住在县城，但自己有个在读小学一年级的孩子，每天都得去接送不说，还要在打工的店里请假，时间稍微一长，怕也不行。正犹豫着，师娘突然说：“不能等了。都流了！”

师傅明白，这是破羊水了。再挨下去，搞不好真会出事。于是，赶紧掏出手机，第一步是拨120。120上次来过，了解他们的情况。这次一听，又是这家人，就说：“不急。马上到。”其实从医院过来，不过才几百米的距离，换作普通人，哪里需要救护车，走路过去，也要不了几分钟。说不定人到了医院，车还没派出来呢。但师傅想法不同。师傅师娘都是盲人。盲人就是眼睛看不见。看不见，就意味着行动不方便，特别是在该快的时候，想快也快不起来。万一在路上再出点什么意外，那就麻烦了。

接着打表姐电话。表姐说："你们先去。孩子马上放学了，我接了就过去。"

救护车过来，师傅只简单给安生交代了一句："把店看好。"就一手抱着女儿，一手牵着师娘上了车。

说起来，安生到师傅店里来，也差不多一年半了。这一年半，安生还从来没有过独自看店的经历。平时师傅师娘都在。即使要办事，也是一个人出去，一个人留守。就算上次师娘进医院，也是师傅跟着过去，把小女儿留下。像今天这样，他们全家倾巢出动，还是破天荒第一次。这次，师傅为什么会带上小女儿一起去。安生想，可能是因为上次他没有把师傅的小女儿照看好。他们回来的时候，小女儿还一个人趴在床上哇哇大叫呢。其实这也可以理解。一个才二十出头的小伙子，从来没体会过做父亲的滋味，怎么可能懂得照顾一个才两岁多的小孩子呢？

上次去医院，他们已经知道，按规定只允许一个亲属陪护。但当时医院的人一看，孕妇是盲人，孕妇的丈夫是盲人，盲人肯定照顾不了盲人，所以只能表姐一个人跟着进去。但现实的情况是，人家要生孩子，孩子的父亲都不能在身边，怎么说也有些不近情理。况且，就像两团微弱的火苗，正因为一团太弱，才需要两团抱在一起，增强御风的能力。

安生一个人待在店里，突然觉得很孤单。这是一种他以前从未有过的孤单。从前，他其实也是孤单的。甚至你可以说，他从来都是孤单的。从小到大，因为眼睛的缘故，他总是与周围的人保持着适当的距离。当然，你也可以说，是周围的人与他保持着适当的距离。到底是谁与谁保持着距离，这些并不重要。重要的是，他知道，他与他们，是不一样的。因为不一样，所以他虽然一直在他们中间，却仿佛生活在另一个完全不同的世界。

那时候的孤单，是与周围人不一样的孤单。

现在呢？现在，他就摆脱了与周围人不一样的孤单吗？好像是，因为他终于回到了自己的同类人中间。他的师傅，他的师娘，不都是他的同类吗？他们都是盲人，都是眼睛看不见的人。但这样说好像也不对，因为他与他们终究也是不一样的。他还看得见那么一点点。他还不算是个完完全全的盲人。他有时候想，他现在看师傅师娘的眼光，是不是就是当年那些同学看他的那种眼光呢？只不过，他从与同学们的不同之中得到的只有自卑，是十几年来从未间断的、仿佛已植入骨髓埋入血液的深深的自卑。而他从与师傅师娘的不同之中得到的，却是自信，一种说不清道不明、好像突然之间就从天而降的自信。

他以为，有了这自信。他就不再孤单了。

可是为什么，现在他却感受到了比以前那种孤单更加难以承受的孤单呢？是因为师傅一家突然从身边离开了吗？但他又分明觉得，从师傅他们离开店里去医院那一刻起，他这种孤单，就不会因为师傅一家从医院回来而自愈。不但不会自愈，甚至，还会因为他们一家人的回归，令他陷入更深、更加令人绝望的境地。

这是一道分水岭。

他知道，他再也回不到过去。甚至是，再也回不到过去的那种孤单了。他突然一个激灵，难道，正是因为师傅一家的幸福生活，才让他陷入如此深刻的孤单吗？这样说，好像他就是个见不得别人好的小人了。可在心底的最深处，他知道，他是希望师傅一家好的。他不是小人。

他只是渴盼，自己能像师傅一样好。因为他的眼睛不像师傅那样全盲，他应该比师傅过得更好才对。生活的逻辑不就是这样吗？

可是，他既没有师傅身边那么贤惠的师娘，也没有一个活泼可爱的小女儿，更不必说即将在医院诞生的小生命了。是呀，他与师傅是多么不同啊！师傅仿佛拥有一切。而他，却一无所有。

安生一个人躺在按摩床上发呆。这是他少有的比较随意的时刻。如果师傅在，他的神经一直都绷得比较紧。他是不敢在师傅面前这副样子的，否则会给师傅留下他比较懒散的印象。一个懒散的学徒，还能指望他学什么呢？再说，自从来到这个按摩店，他就一直有一种虚妄的优越感。他总觉得，他会比师傅强。既然比师傅强，他又怎么可能在勤勉这一环输给师傅呢？

他已经把师傅当成了他应该、可以、必须，且必然会超越的目标了。现在，师傅一走，就好像眼前的目标突然消失了。没有目标的生活，不就是一只浮在空中的气球，不知道自己到底应该飘往哪个方向吗？

正这样胡思乱想着，却听到门口响起轻微的脚步声。

有人犹豫了一下，还是进来了。

安生以为是客人。赶紧翻身起来，招呼道："是按摩吗？请进！"

来人并不作声，只静静地站在原地，没有动。

安生有些奇怪，又问了声："请问，您是来按摩的吗？"他扭过头，想要用他有限的视力分辨一下。可惜，离得有点远，根本看不清。只隐约觉得，好像是个女的。

来人终于开口了，问："你，是安生？"并不等回答，又仿佛自言自语道，"果然是个盲……""人"字还没说出口，可能突然觉得当着安生的面这样说不礼貌，又将没说出来的那个字，硬吞了回去。

一听这声音，安生只觉脑袋轰的一声响，整个人呆立在那里，像个患了阿尔茨海默病的老头儿，半天都不知道该如何反应。也不知过了多久，也许只有几秒，也许有几分钟，此时此刻，时间对于安生来讲，就是个毫无知觉的虚空的概念。

安生说："怎么会是你？"声音很小，小到仿佛心跳的怦怦声都比说话声大。但女孩儿还是听得真切。女孩儿说："怎么就不能是我？"安生说："我不是这个意思，我是说，你怎么会找到这里来？"女孩儿说："不是你给我的地址吗？难道你忘啦？"

安生当然没有忘。他给女孩儿地址没有忘。他和女孩儿之间的一切，他都没有忘。

他和女孩儿的相遇，纯属偶然。他们就像在无边无际的大海里漫游的两条鱼，有一天，在同样无边无际的网络中撞上了。说起来，真有点瞎猫碰到死老鼠的意思。安生当然希望碰到女孩儿。他来到网络的大海中，漫游肯定不是他的目的。但有一点是确凿无疑的，他并不能肯定，碰到的就一定是"这个”女孩儿。女孩儿也一样。女孩儿在碰到安生之前，根本无法想象，自己竟然会跟一个盲人聊到一起。不但聊到了一起，还聊得那么开心，那么热火朝天。用云阳话说，就是“屙屎打得粑粑吃”。

安生到网上来寻觅，是受了师傅的启发。师娘不就是师傅从网上像钓鱼一样钓回家的吗？在这一点上，师傅还真有他的过人之处。别看师傅眼睛看不到，可玩起手机来，丝毫不比平常人逊色，甚至，还有过之而无不及。比如说吧，师傅追师娘的时候，智能手机还不知在哪个娘胎里怀着呢。那时候，大家用的手机都是按键的那种。师傅因为眼盲，又生在农村，从小没有读过书，更不像城里孩子，可以学盲文。可他还是将手机运用自如。若戴上副墨镜，旁边不知底细的人，哪里看得出他是一个盲人呢？现在智能手机满大街都是，师傅玩起手机来，更是如鱼得水。这不仅得益于一些专为盲人设计的有声软件帮助，更重要的，还是在于师傅喜欢钻研。凡是对自己有用，他又不会的，他就会格外上心，非要把那件事弄懂为止。后来安生到了店里，师傅教他按摩的时候，还常常跟他说：“玩手机跟按摩其实是一个道理，都讲熟能生巧。关键就是一个‘熟’字。”

安生玩手机自然没有师傅那么曲折的经历，至少，刚开始没有师傅那么费劲。但很快，安生就发现了问题。师傅能办到的事，他还真的未必能办到呢。首先，他不想撒谎。当然，这并不是说师傅当年追师娘就撒了谎。师傅也没撒谎，师傅也是如实告知师娘，自己是个盲人。但师傅命好，碰到的是师娘。师娘说：“没关系。我们刚好门当户对，我也是个盲人。”盲人碰到盲人，最终成了天造地设的一对。这一段姻缘不说如何美满，至少在各自的心里，也算各得其所，知足常乐了。

安生把自己的网名取为“盲生”。别人好奇，问他为什么要取这么个名，他就如实告知：因为我是盲人，但我也想好好生活。对方一听，跟自己说话的是个盲人，立马就噤了声，从此销声匿迹。有那么几次，也有像师娘一样的盲女给安生发消息。但安生只把对方当普通朋友，根本没有要朝男女朋友方面去发展的想法。

这是安生的第二个问题，他不想像师傅那样找个盲人做媳妇。在他的内心深处，他并不认同自己是个盲人。他只是弱视，是非常严重的弱视。但即便如此，他也不是真正意义上的盲人。他不是盲人，怎么可能去找个盲人做媳妇呢？

他不想找盲人，正常人又看不上他这个“盲人”。

安生就像夹在两个不同世界之间的缝隙里，进，进不去，出，出不来。

直到有一天，一个头像十分漂亮的女孩儿来跟他聊天。安生说，我要先告诉你，我是盲人。女孩儿发了个微笑的表情，说醉酒的人，往往都跟别人说，自己没醉。安生说，不，我醉了就是醉了，是真醉了。女孩儿说，你这个人真有意思。别人聊天，都是千方百计掩盖自己的缺点，生怕露了馅儿，你倒好，一开口就揭自己的短。安生说，我是真短，不用揭都短。女孩儿发个大笑的表情过来，说你这种风格，我喜欢！安生问，是吗？我是什么风格？女孩儿说，真诚啊，不虚伪呀。现在在网络上，像你这种人，都快绝迹了。

安生并没有轻信女孩儿的话。但这并不影响他与女孩儿继续交往。她那么阳光，就好像从来没有进过阴影地带似的。这样的人，就算做普通朋友也不错。安生想，跟她聊天时间久了，说不定自己也会变得像她一样阳光呢。

但是有一天，女孩儿好像突然之间就变了。安生跟她打招呼，她不回。安生想，有可能不在线，不要冤枉了她。第一次不回，第二次不回，第三次还是不回，安生就有点沉不住气了。但很快，他又心平气和了，也正常，比起那些一听说他是个盲人立马就跑得无影无踪的人来说，这个女孩儿已经够可以了。细细算下来，他们在微信上都交往了三个多月呢。三个月，能够坦诚相待，没有丝毫保留——至少安生是这样，已经非常难得了。

确实该知足了。安生叹一口气，打算再不跟女孩儿联系。不，是打算再不去搅扰女孩儿才对。正这样想着，女孩儿说话了。女孩儿说，安生，要不，我去找你吧。安生只当她是说笑话，说那好哇，你要来，我当然求之不得呢。我在云阳，你知道的，盲生按摩店，兴旺路上。安生说这话，自以为也带着玩笑的性质。因为他根本就不相信女孩儿会真的来找他。所以，他说的话算是半真半假。真的部分，他确实希望女孩儿过来，即便这样的概率就跟买彩票中五百万一样；假的那部分，也是显而易见的，他相信女孩儿也一眼就能识破，比如，“盲生”按摩店。这不过就是他的随口一说。他当然希望有朝一日可以像师傅一样拥有一间属于自己的按摩店，到时候就取名叫“盲生”。可至少现在，他不过是师傅店里的学徒罢了，盲生按摩店，还不知是猴年马月的事呢。

可是现在，女孩儿就真真实实地站在他面前。这是安生无论如何都不敢相信的事。“我还是不明白，你，是怎么找到这里来的？”安生的意思再明白不过了，他虽然说了自己在云阳，也说了自己在按摩店。但自己给她的那个店名明明是假的，她怎么就能准确无误地找到呢？女孩儿不像在微信上那么活泼开朗了，听她说话，新添了一丝阴郁的气息。实际上，在她来这里之前的好一段时间，她这样的气息已经从手机屏幕里像汗珠一样渗出来了。安生虽然没有见到她，但他能感受到。

也许，她是碰到什么事了吧。

“我知道你说的盲生按摩店是假的。”女孩儿语调悠悠地说，“但你在按摩店，在云阳，这肯定是真的。我不相信你会撒谎。我到兴旺路，几乎没费什么工夫就找到了这里。”女孩儿向他走近了些，继续说道，“因为，这条路上，就只有这一家按摩店。”这时候，安生已经可以分辨出她身体的大致轮廓了，像微信头像上一样苗条，亭亭玉立，简直就跟仙女下凡似的。安生有些喘不过气来。这怎么可能呢？这怎么可能是真的呢？她这么漂亮的女孩儿，怎么可能因为我这个盲人就不顾一切地追过来呢？

就算女孩儿是天底下最善良、最不懂人间险恶的女孩儿，他也不相信这是真的。

安生不知道接下来该怎么办。是招呼她坐下来，还是大家都那么傻傻地站着。其实，坐和站，对于他们来说，本质上都是一样的，他们都还在按摩店里。他真正担心的，是师傅他们若回来，女孩儿，该去哪里呢？

女孩儿像早就看穿了他的心思似的，说：“你不用担心我。来之前，我就想好了。我来找你，只要你一句话，其他的，都不用管我。我会照顾好自己。”

安生的心好像马上就要爆裂开来一样。他深深地吸了口气，想要努力使胸腔中那匹活蹦乱跳、东奔西突的野马平息下来。女孩儿说，只要他一句话。虽然他并不知道女孩儿想他一句什么样的话，但他有一种隐隐的感觉，这句话，对于她，或者他来说，都不会那么轻松，那么简单。

安生已经做好了准备，哪怕那句话是块从天而降的巨石，他也必须勇敢地接受。

安生说："你要说什么话？你说吧。"

女孩儿突然上前一步，紧紧地抓住他那双宽大的手，激动，不，是颤抖，不仅是声音颤抖，是全身颤抖地说："我，要你答应我，一定要娶我！"

因为是生第二胎，相对于生头胎来说，要顺利得多。师娘只在医院待了四天，就回来了。这一去一来不过才几天，师傅师娘的心里却像过山车一样，一会儿喜，一会儿忧。喜的是，孩子生下来一看，是个儿子。虽然现在这个社会，都讲男女平等，在很多人心里，生男生女都是一个样，但师傅因为第一个孩子是女孩儿，虽然嘴上没明说，心里肯定还是希望新生的这个是男孩儿。现在终于如愿以偿，的确是喜事一桩。忧的是，孩子刚生下来，医生就发现他左眼不正常，具体来说，就是眯缝着睁不开。一只眼睁着，一只眼闭着，用云阳话来说，就是个"边眼儿"。医生说，为了慎重起见，孩子最好留在医院监护室再观察一段时间。医生又说，你们也不用太担心，有些新生儿是这样，短则几天，多则半个月，眼就睁开了。真正出问题的，还是少数。医生是想安慰他们，但他们想的又不同。他们想的是，毕竟现在眼还闭着，而且医生也没有说，孩子绝对没问题，怎么说都是件忧心的事。特别是，孩子的父母都是盲人。盲人的心理就更加敏感，生怕孩子又像自己一样。果真那样，不是造孽吗？不是一生下来，就害了孩子一辈子吗？但再一想，又着实没有道理，因为盲，不是遗传病。如此，又稍稍安心了点。

来找安生的女孩儿叫燕玲。这几天，燕玲也没有闲着，先是去新世纪百货谋了份收银员的工作，然后又四处寻找出租的单间。用她的话说，本来就不是富裕家庭出身，天天住宾馆，还是“着不住”。“着不住”是从安生嘴里学的，云阳话，意思就是受不了。总之，看她那架势，是正儿八经准备在云阳长住下来。有点不管安生怎么想，都要跟他死磕到底的味道了。

安生能怎么想呢？安生想的是，以燕玲的条件，根本不可能看得上自己。她之所以对他死缠烂打，就算倒贴也不在乎，一定是碰到了什么她一个人难以解决的问题。当然，你要他说出她碰到的到底是什么问题，他也没法说得出来。特别是中间有几次，燕玲催着他去领结婚证，更让安生感到不安。她千里迢迢赶到云阳这个小县城，千方百计要嫁给一个眼睛都看不见的人，图的到底是什么呢？最极端的时候，安生甚至想，这个外表漂亮的女孩儿，会不会是个骗子呢？可是，就算她是骗子，他安生只是个普普通通的按摩店学徒，要钱没钱，要势没势，她又能骗他什么呢？

半个月后，师傅接到医院电话，说孩子眼睛好了，可以去接回家了。师娘本来准备一个人去，师傅却兴奋得不能自已，非要跟师娘一起去。又觉得孩子没事，是一件天大的喜事。既然是喜事，一家人都不应该缺席。于是，又将小女儿往怀里一揽，一家三口，欢天喜地往医院去了。

按摩店的生意一般都在晚上，白天大家都在上班，有闲暇出来按摩的人并不多。安生一个人待在店里，有点无所事事。燕玲自从在新世纪找到事做，上班时间也不能过来。正准备掏出手机，继续听“喜马拉雅”上面那本没有听完的小说，门外面却突兀地闯进人来。走在前面的这个，脚步声太熟悉了，是燕玲。安生有点奇怪，不知道为什么她今天没有上班，却没头没脑地跑到这里来。后面那个跟得很紧，气喘吁吁的，仿佛是一路小跑跟过来的。

一进门，燕玲就大声说道：“我说了我有男人了。你不信，你问他！”

后面的人一时间没反应过来，愣了半天，突然冷笑一声，说：“你跑了上千公里，跑到这小县城来，难不成，就为了跟个盲人在一起？一个盲人，就是你张口闭口的男人？”

燕玲冷冷地道：“盲人，也比你张口闭口的那个老头子强！”

男人的声音听起来有些沙哑，更有些疲惫和苍老。安生判断，他至少也有五十多岁了吧。男人不打算就此罢休，说：“老头子怎么啦？老头子有钱哪。你跟了他，手里的钱几辈子都花不完。再说，你哥哥还等着他打钱过来，才能进医院动手术呢——几十万哪，你不嫁给他，我们去哪里找那几十万？”

沉默了好一阵。燕玲终于又开口了。声音比刚才还要冷，仿佛整个人刚刚才从冰窟窿里钻出来似的，浑身都是冰水，连说话声都快结了冰。燕玲说：“我哥生病了，是可怜。可是，不能为了给他治病，就牺牲我的幸福！我是人，不是可以用来换钱的东西！”

男人听她这样说，知道光磨嘴皮子没用，也下了狠心，恨恨地说：“不管怎么说，今天，你走，得跟我走；不走，也得跟我走！”听动静，好像就要过来动手抢人。

在他们前面这一段唇来齿往的交锋中，安生就像个隐形人似的。他没有作声。他们似乎也没打算让他作声。在燕玲口中，他只是个证明。一个她以为可以用来摆脱一段不幸婚姻的证明。在男人——安生已经猜测出，这个男人应该是燕玲的父亲——眼里，他只是个盲人。一个盲人，有什么用，能掀起什么大风大浪呢？说白了，他真要抢人走，他又有什么能力来阻止呢？

但是，就在男人即将展开野蛮行动的当口儿，只听安生一声断喝：“你敢！”男人显然没有预料到眼前这个盲人会有如此威猛的一面。但他很快镇定下来。男人说：“我为什么不敢？她是我的女儿！我找了她几个月才找到这里，你以为，我真的会空手而归？”安生呼呼地喘着粗气，说：“我相信她是你女儿，但那是以前的事了。现在，她是我媳妇！”男人不甘示弱，说：“媳妇？有什么证明？就凭你一张嘴，说是你媳妇就是你媳妇？别以为我老糊涂了，就算死，我也不相信她会嫁给一个盲人！一个，没钱的盲人！”

安生说：“你要证明？好！我证明给你看！”说完，就进了隔壁他那个平日起居的单间。

安生出来时，手里捏着两个红色的本本。他把本本往男人面前挥了挥，说：“你看好了，这是结婚证！是我和燕玲的——结婚证！”男人简直不敢相信自己的眼睛。他一把抢过其中一本，像安生玩手机时那样，脸都贴到上面的文字了。男人像一根融化的冰棍，瘫在那里，动弹不得。末了，才无比愤恨，又无比不甘地丢下一句话：“这事没完！你们等着！”然后，就踉踉跄跄地离开了。

安生知道这时候的燕玲肯定还惊魂未定，也肯定疑惑不解。

安生说，自始至终，他都不相信燕玲会看上他。她越是要急着嫁给他，他就越觉得这件事很蹊跷。

安生说，如果他头脑一热，真的答应娶她，那么，她真的会嫁给他吗？

安生说，正是有了这样的怀疑，正是发现她对结婚这件事表现得过于反常，他才有了一种感觉，结婚对于她来说，肯定特别重要。他才仿佛隐隐意识到了什么。所以他得有所准备。万一，只是万一，她真的就需要呢？他从她的朋友圈截了她的单人照，又将自己的单人照合在一起，进行了PS。然后，从墙上的“牛皮癣”上随便抄了个电话。那边就把一切都办好了。收费还蛮便宜，两百块。一个证一百，两个证两百。准备的，还是男女双方各一本。

安生说，所以你不用担心，你还是单身，你还是自由的。你还，没结婚。

燕玲再也忍不住，蹲在地上痛哭不已。

安生说，别哭了。一切问题都解决了。你走吧。走得远远的，免得他哪天缓过神，又找回来。

燕玲走的时候，说：“安生，你不但看不到，还傻。是真的傻！如果当时你同意，我真的会嫁给你的！”

安生就像个真正的傻子那样，站在那里嘿嘿地笑。但他不能一直这样傻笑下去。他知道，医院隔得那么近，也许再过那么一小会儿，师傅就领着他的小儿子回来了。

师傅的儿子，眼睛没坏，是健康的。

（原载于《当代小说》2023 年第 11 期）

向钥匙

在新县城，在开锁这一行，向钥匙算是个另类的存在。其他开锁匠都是男的，即便是夫妻店，两口子都会开锁，也一定是男的在外打主力，女的是在男人有其他事情实在脱不开身的情况下，才帮忙打个替补。向钥匙不是，向钥匙虽然是女人，却是实打实的主力。说主力还不准确，如果把开锁当作演戏，她就是戏台上的那个独角。一台戏下来，从头至尾，都是她一个人“噔噔噔”地挥汗如雨。

情况也并非从一开始就是这样。

向钥匙曾经也有男人。男人也是个开锁匠。男人不但是开锁匠，而且是新县城一等一的开锁匠。无论什么样的锁，小到各种五花八门的家用锁，大到银行的保险柜，只要他出马，没有打不开的。旁人看起来也没有多复杂，就见他东戳一下，西扭一下，正看得起劲呢，一个没注意，只听咔嚓一声，锁就开了。整个过程，既轻松，又自在。男人开锁不像在工作，更像是享受。享受锁被打开那一刻的愉悦，就像当初他打开媳妇那把锁时的感觉，也享受旁人钦服的目光。一个开锁匠，普普通通，平平常常，要被这样的目光所关注，唯独就在锁被打开那一刻。

锁在男人的手里，就像只扑来腾去的小麻雀，想飞飞不起，想逃逃不掉。他是想怎么玩就怎么玩，爱怎么玩就怎么玩。

然而，男人开锁技艺虽高，福命却浅。那一年，城郊复兴一个妇女打来电话，说锅里正炖着汤呢，不过是出门扔了一袋垃圾，人刚转过身，到了门口，不想一阵风来，竟把门关死了。妇人在电话里急得像马上要跳楼了。“师傅，师傅，麻烦你快点来！我灶上的火开得大。要是来晚了，我，我……”说着说着，一个没忍住，“哇”的一声就号啕起来。

男人骑着摩托，风驰电掣般向妇人家里狂奔。

很不幸，就在男人即将到达的时候，一辆大货车突然一个拐弯，迎面冲撞过来，据说当时男人所在的位置，都能看见妇女家住的那幢楼房了。男人的摩托就像只可怜的小鹿，一下子就扑进了老虎的血盆大口。事后的调查结果表明，大货车司机当时正一边开足马力，一边接听电话。想的是，反正是笔直大道，视野又好，没关系。哪知正要与男人骑的摩托会车时，左前轮突然爆裂，车身一偏，就向摩托车对撞过去。男人骑得也快，急着要去开锁，也是开足了马力。

结果就可想而知了。

整起事件中，稍令人欣慰的是，那个妇女左等右等，没有等到师傅去开锁，又连续打了他好几个电话，也不回，只好在墙上的“牛皮癣”中另找了个号码。门终于打开，进厨房一看，竟然屁事没有。原来，妇女被关在门外时，锅里的汤才放到灶台上。刚开始炖，火开得大。因为火大，水又加得满，叽叽咕咕一开，水泡挤到锅边，争先恐后往外蹿。水泡一出锅就破了，破了的水泡变成了水，沿着锅壁往下渗，几渗几不渗，就把锅底的火浇灭了。

男人走了，但男人的名号还在。

男人的名号叫向钥匙。所以严格来说，向钥匙不是现在的向钥匙，而是现在向钥匙以前的男人。

向钥匙的男人被车撞死了，向钥匙就成了寡妇。好在他们的儿子已经在读初中，除了保证他的吃穿住用等开销，不再需要额外的照顾。向钥匙本来打算将男人死后得到的那笔赔偿金用来开个小店，但思前想后，还是觉得，要把那笔钱存起来。孩子才14岁，花钱的日子还在后头。现在生意也不好做，万一开店赔了，到了孩子需要花钱的时候，那才是叫天天不应，叫地地不灵。

那就索性继续干开锁这一行吧。

男人还在的时候，没少教过她。男人教他的目的跟其他夫妻店差不多，一个人总有忙不过来的时候，把老婆教会了，多少能打些帮手。男人技艺高，女人脑子也灵性，一个教得好，一个学得快。如果男人不过世，他们在开锁匠的世界里，说是“山伯配英台”，同行们也不会觉得有多过。

但那毕竟是男人还在的时候。现在男人没了，向钥匙就觉得，有男人的世界，与没男人的世界，真正有天壤之别。比如，男人在的时候，无论多么晚，哪怕是半夜，只要有人打电话来求开锁，他一定二话不说，下了楼，骑上摩托就走。大多数开锁师傅，在这个时间点，要么手机不开机，要么手机开着不接听，要么接听了直接说睡下了不出门，反正没几个愿意半夜三更还往外跑的。向钥匙当初也不愿意男人太晚了还出门。夏天还好，特别是冬天，两个人在铺盖窝里搂着，暖暖和和的，多好。人一走，等他回来再蜷进被窝，把觉耽搁了不说，好半天都冰凉凉的。但男人不同。男人说，你不去，人家就只能在外面待一晚上。现在让你去外面，看能不能待上一晚？

虽然不是十分乐意，但男人的善良终归感染了她。她想，有这样一个男人，虽然钱没多少钱，旁人嘴里眼红眼热的权势更是谈不上，但与他相守一生，能让人心安，也是一种好。

所以，当她现在独自面对的时候，碰到半夜打电话来的，虽然也知道一个女人这个时候出门，实在不妥当，但咬咬牙，把心一横，还是出去了。

那天出门，她特意看了看手机，已经是凌晨两点了。好在是大热天，到了街上，一丝风过，头脑就清醒了大半，那种感觉，反倒比待在屋里好多了。

到了电话里指定的地点一看，只有一个四十岁上下的男人在。向钥匙也见怪不怪。云阳是江边小城，很多人喜欢在这样的夜晚约三五好友，聚在“好吃佬街”边喝酒边聊天，不知不觉就到了后半夜。碰到一些邋遢的，酒喝饱了，肚皮填圆了，回家一摸钥匙，立马就傻了眼。一些是因为老婆故意在屋里装着睡死了，无论男人在外面把门砸得地动山摇，也丝毫听不见；一些是屋里根本就没人，要么这关在外面的人本来就是个单身汉，要么不是单身汉，也刚好碰到这天，家里其他人都不在。反正是，各种各样的情况都有。

也恰是有了这各种各样的情况，电话才会打到她向钥匙这儿来。从这个意义上来说，这些邋遢的主儿，可是她的衣食父母呢。所以，虽是半夜了，内心里的抱怨是不应该有的。不但不能抱怨，还应该感激。

没有他们，她靠什么吃饭呢？

向钥匙开锁的时候，男人一直在身后喘着粗气。像很多年前农村用的那种土灶，扑哧扑哧拉风箱的声音。不同的是，男人拉的“风箱”不仅刺耳，还夹杂着难闻的酒气，每打一次嗝儿出来，都伴随着十分浓重的酸臭味。向钥匙强忍着，尽量使手里的动作更快点。刚才上楼来，她不由自主地瞥了他一眼，只觉肉墩墩的样子，仿佛浑身上下都堆满了肥肉，皮带一松，整个人都会垮掉似的。圆滚滚的脸上，即便在昏暗的楼道里，也依然像挂了漫天的彩霞。

向钥匙心想，何必呢？酒跟人又没有仇，非要跟它较高低。

门很快就开了。向钥匙说：“大哥，八十。”

开锁一次，收费八十元，这在新县城是大行大市的价格。

男人嘟囔着，语词含混不清地说：“八十呀？这么贵！我一天累死累活，都挣不到这个数呢。你倒好，比我撒泡尿的时间都短，钱就到手了。”边说，就见他边把手往裤兜里伸。摸了半天，取出来，手还是那只手，光麻麻的，什么都没有。但那一番倒腾的动作，也不知是不是因为碰得了敏感部位，却让男人的呼吸变得更加粗重了，活像一头正被追赶、马上就要送上案板的猪。

向钥匙心里“咯噔”一下，但她还是机敏地提醒道：“大哥，这都什么年代了，还用现金！用微信嘛。”她的声音有点大，目的是想转移男人的注意力。

男人一听，眼睛像突然被拨亮的油灯，神色也变了，讪讪的，诡谲而迷离。男人像换了一张脸，嬉笑着说：“对对对！微信微信！加了微信，我们就是朋友了。朋友，钱算个什么呀？我微信上有的是钱！别说八十，再翻个倍，也行啊。”

他猛地上前一步，笨重的身体像一座山，直压过来。“八十，再翻倍。说好了，就这样哈。我，我实在是受不了了！”

向钥匙大惊失色。她急切地央求道：“大哥。你喝多了。钱，我不收你的了。你让我走吧！”她不由自主地往后退，却不知，人已经从门口退进了屋里。

男人的喘息声越来越重，越来越粗。他的眼里泛着灼热的光，仿佛把整张脸都要燃烧起来。

向钥匙正准备大声呼救，一团黑影像从天而降的天兵，一下闪到男人身后，只一把，就将这团胖乎乎的肉球推了个狗吃屎。然后，一步跨到她身边，拉起她就飞奔下楼。

向钥匙怎么也不会想到，凌晨英雄救美，将她一把从虎口拖拽出来的人，竟然是郝新。说起来，这个郝新也不是外人。那还是她男人在世时候的事。干开锁这一行的师傅，为了手头更灵便些，往往都会收徒弟。一方面徒弟会给拜师钱，另一方面，碰到开锁业务太繁忙的时候，徒弟又会打些帮手，还不用专门给徒弟开工钱，也算节省了一笔，可谓一举两得。但开锁是特殊行业，不是什么人说干就能干的。如果是正儿八经开门营业的师傅，必须先到公安局，又是抽血又是验指纹，一趟下来，什么问题没有，才算过了第一关，然后才能去工商局办营业执照。如果是师傅要收徒，也必须领着徒弟去公安局，也是一样抽血验指纹。不同的是，如果是师傅，要把各项查验结果录入到专门的系统里去，徒弟呢，录入系统这一环倒是免去了，主要是跟系统里的数据比对一下，看有没有前科。没有前科，才算有了学这一行的最基本资格。有些师傅怕麻烦，收徒不愿往公安局跑。不出事倒也没什么，公安局也不会三天两头派人来查。但倘若哪一天你收的徒弟在外面惹了事，不打招呼就把别人家的锁开了，堂而皇之地在别人家里如入无人之境，只要被抓到，那么师傅也会跟着一起吃不了兜着走。如果时间再往前推十来年，那时候要入这一行，还必须到公安局拿“特种行业许可证”才行呢。一句话，对开锁师傅来说，打开一把锁是很容易的事，可要把开锁这一行的“锁”打开，却不是说起来这么简单。所以偌大个新县城，常住人口近四十万，把开锁当饭吃的，不过二十多家，而真正精通的，顶多也就那么十来家。曾经的向钥匙，也就是现在向钥匙的男人，可以算这十来人中间最为拔尖的那几个之一。

这么厉害的开锁匠，收个徒，也不是手到擒来的事。纵然你的水平再高，本事再大，可真正想往这一行钻、在这一行里求生存的年轻人，却总是寥寥无几。有些人即便学会了，被收入更高的职业一吸引，又头也不回地做其他工作去了。

向钥匙的男人曾经先后收过几个徒弟，只是后来继续留在开锁这一行的，一个都没有。郝新是他收的几个徒弟中脑子最灵活的一个。那时候，他刚初中毕业。高中没考上，出去打工，除了搬砖，什么都不会。可就算搬砖，他跟其他人一比，也是相差十万八千里。其他搬砖的，不是五大三粗，就是腰圆体壮，就算瘦，也瘦得有肌肉。他的瘦，却是真瘦，瘦得跟只猴子似的，仿佛把包在外面的那层皮一剥，露出来的，就是那副可怜兮兮的骨架了。

后来还是他父亲拿的主意。父亲说："去年我们家房门打不开，请了个开锁匠过来，三下五除二就打开了。一眨眼的工夫，几十块钱轻轻松松就到手了。我看啦，依你这德行，别的肯定干不了，只能干这个了。"

郝新跟着向钥匙的男人学了开锁技术，却终归不愿在新县城这个小地方蹦跶。一个哥们儿一声吆喝，就跟着跑到广东闯大世界去了。

跑到广东都好几年的郝新，怎么会突然出现在向钥匙开锁的那家门口呢？而且还是在大半夜？向钥匙十分疑惑。郝新说："师娘，说来也是凑巧。我在广东实在混不下去了，就坐了长途大巴回来。不想客车在路上出了故障，耽搁了。到新县城的时候，都快夜里一点了。我就想，反正家离车站也不是很远，身上也没几个钱了，打车终究有些心疼，不如走回去。哪知到了半路，正好从师娘家楼底下经过。就见师娘发动摩托，急忙忙地冲出去。我喊了两声，您没听见。我觉得很奇怪。这么晚出去，肯定又是去帮人开锁，但怎么不是师傅，却是师娘呢？师傅就不担心，您一个女人家，万一出点什么意外，可怎么是好？我也来不及细想，赶紧拦了辆出租。我是想，不管师傅出于什么原因没有出门，反正我是他徒弟，不能让师娘一个人在外面，让师傅担惊受怕。”向钥匙心里的疑虑并没有完全消除，又问道：“可是，你跟上来，为什么我没有发现呢？”郝新有点不好意思，一边搓手，一边低下头，说：“这个嘛，一是因为您跑得实在太快了，不要命似的。我知道肯定是那边催得急。另外，我也不想让您发现后面有人跟着。这么晚了，您又不知道跟来的人到底是谁。万一想多了，受到惊吓，您跑得那么快，反倒更危险。”

郝新这样一解释，向钥匙在脑子里又回味了一遍，好像也是那么回事。向钥匙说：“你不知道你师傅的事？”郝新瞪大了一双黑溜溜的眼珠子，说：“不知道哇，前几年我都在广东，实在混不下去才想到回来。师傅，他怎么啦？”

向钥匙就将男人的遭遇讲给他听。末了，一声叹息：“人各有命。是命，怎么躲都躲不过。”事情反正都过去了这么久，再说起，她心里就跟没有一丝风的江面似的。她知道，对于她这样的人来说，要想生活能够继续，就只有抬起头来朝前走。

生活，不相信怨天尤人。

生活，更不相信所谓女人的眼泪。

第二天，向钥匙起得很晚。因为头天夜里出去开锁，本来就耽搁了瞌睡，加上又遭遇了那样的突然袭击，一直惊魂未定。等她起床来一看，都中午一点多了。迷迷糊糊中，好像刚觉得可以放松下来，沉沉地进入梦乡，又突然一个激灵，像被警棍电了一下，又像被蜈蚣啊马蜂啊什么东西蜇了，总之是，睡，睡不深，醒，醒不全。半睡半醒之间，十来个小时就过去了。

向钥匙起了床，也不想做饭，就那么呆呆地坐着。不知不觉间，男人去世后，这些年的委屈和不易，像潮水一样就涌了出来，漫过颈项，漫过鼻孔，漫过眼睛，直漫上头顶……

仿佛再过那么一秒，她就可以和那些委屈和不易彻底说再见。

当然，这也并不是说她这些年总是经历着那一晚那样的极端遭遇，更多时候，都是些小小的难受、小小的不平、小小的辛酸。但所有这些难受、不平和辛酸汇集到一起，也就成了一条恣肆的大江，可以一泻千里，可以溃堤而去。比如，你明明接到电话，叫你去城郊人和镇上开锁，等你好不容易风急火燎赶过去，再打电话联系，却死活打不通。也不可能一直等在那里呀，开锁这一行，虽不是特别繁忙，业务总还是不缺。于是，只好又灰头土脸地往回赶。等你刚回县城，电话又来了。人家还理直气壮地质问，怎么这么久还不来？你们这生意还做不做了？你一解释，对方才不好意思地说，哎呀，我搞忘了，我设置了“拒接陌生电话”。真是让人哭笑不得。再比如，磐石一个人叫去开锁，你到了那里，反复跟对方确认，你在电话里说的是四幢五楼一号，这里是五幢哦。不想对方把眼皮一翻，没好气地说，我自己家，还能搞错了？真是狗咬耗子多管闲事。你只管开锁，马上！结果等你把锁打开，门一推，刚才还没好气的妇女也没气了，屋里一个三四岁的小女孩儿，突然看到房门无缘无故开了，门口还站着两个陌生人，显然受到惊吓，“哇”的一声就大哭起来。这个时候，你还不能转身就走。你还必须耐着性子跟房屋主人解释，这还不够，你还必须马上拨打“110”。只有警察到了场，证明你是开锁匠，确实是因为雇主交代不清把门开错了，才能彻底洗清你身上的嫌疑。

想起这些，向钥匙就觉得头又开始疼起来。她起身去了厨房，泡了包感冒颗粒喝下去，然后才慢条斯理地往楼下走。门市就在一楼，租的，很小，旮旯角落全算在内，也不会超过20平方米，但它毕竟是支撑她和儿子正常生活的唯一场所。其实，对于开锁匠来说，她这条件已算十分优渥了。其他大多数同行，都没有专门的门市，无非就是在街边摆个地摊儿，有人打来电话就去开锁，没有呢，就干些配钥匙甚至擦鞋补鞋的活儿。想想也是，尽管新县城几十万人，但也不可能家家户户每天都把自己关在了家门外。真正有开锁需求的，总是少数。人长着一双手，就是用来刨饭吃的，不可能让它闲下来。一闲，就很难有活路。向钥匙的男人刚入这一行，连个地摊儿都没有，纯粹就是在全城（包括城郊）各个楼道里贴张小纸片，上面只有两个汉字：开锁，紧跟着就是一串阿拉伯数字，那是用来联系的手机号码。说白了，他在墙上贴的，就是我们俗称的“牛皮癣”，他那时候干的，就是开锁行的“游击战”。后来终于有了自己的地摊儿。再后来，男人说：“还是找个门市吧。不忙的时候，你可以守在门市上，兼卖些锁。”这时候，什么电子锁呀，密码锁呀，各种花样百出的锁都已经应运而生。现在想想，向钥匙还是挺佩服自家男人的。他虽然是个小开锁匠，却也懂得与时俱进。老抱着开锁这一个事不放，哪能把生活过得更好呢。

门市一打开，她就觉得身后上来个人。转身一看，果然是郝新。

郝新还是那副很腼腆的样子，进来就说："师娘，我想求你个事。"声音有点小，像屎蚊子一样嗡嗡嗡，不仔细听，都不知道他到底说的什么。

向钥匙说："有什么事，你就直说吧。千万别说'求'。"

"我在外面也跑了这么久，却始终混不出个名堂。我就想，还是回来当个开锁匠吧，更现实些。我本来是打算来求师傅的，却不想……"边说，边哽咽了一下，继续往下说，"在外面跑的这些年，我把当初学的开锁门道全荒废了。我的意思是——"他有些欲言又止，头微微低垂着，怯怯地向她这边瞟了一眼，"师傅不在了，我想跟师娘继续学。"生怕她不同意，又赶紧追加几句："工资我不要。学徒费另给。等到我学会了，如果师娘不赶我走，我也可以留下来给您当帮工。"

郝新的这个要求，如果早一天提出来，向钥匙肯定会断然拒绝，理由很简单，她一个三十多岁的女人，说年轻不年轻，但说多老也谈不上，虽然郝新是男人过去的徒弟，但终究男女有别，所谓"寡妇门前是非多"，只怕徒弟还没带成，流言蜚语早就如暴雨来临前的狂风，灌满大街小巷了。但他提出要求的时机，早不早，晚不晚，刚好就在向钥匙有了前一晚那场惊魂未定的遭遇之后，向钥匙就有些犹豫了。

向钥匙没有一口回绝，只说："我先想想。"

向钥匙"想想"的结果，我们都猜到了：徒弟郝新留了下来。

郝新留下来的理由也很简单：因为向钥匙意识到，果真要在开锁行里谋衣食，没有个男的，真不行啊！

郝新留下来继续当学徒。向钥匙慢慢就觉得，自己这个决定确实英明伟大。别的不说，单说夜里再碰到有人要开锁，那当然就是郝新出马，不必再让她一个弱女子像打仗一样东奔西跑，跟玩命似的。而她担心的所谓流言蜚语，居然也没有想象中那么凶猛。也难怪，她比郝新大了足足十几岁呢。嘴巴再烂的人，就算心里有点别扭，看到两个人那么大的年龄差，也不好意思嚼什么。

再说了，谁规定女师傅就不能带男徒弟啦？

更何况，这个徒弟本来就是她男人先前的徒弟。徒弟回来一边继续学艺，一边帮师娘的忙，不都在情理之中吗？

不知不觉，三个月就过去了。这三个月，向钥匙是满意的。她甚至想，等郝新把艺学好，她可以让他留下来，给工资也行，分红也行，出门在外跑开锁那一套，可以全交给他。自己可以像男人在世时候那样，就在店里守着。郝新谋了份生计，虽不能大富大贵，但吃穿住用肯定是不用愁的，也肯定比他在外面像只无头苍蝇一样乱窜要强得多。自己也轻松，可以将更多的心思用在培养孩子上面。毕竟，孩子很快就要上高中。再不看紧点，只怕就废了。她可不想儿子再像妈老汉一样当个开匠锁！

这天，向钥匙像平常一样早早就到了楼下门市。晚上不出门，觉睡得好，精神就是不一样。郝新一般在八点半之前就会过来。但今天直到九点，还不见他的影子。向钥匙有点不悦，心想就算有事，也应该来个电话说明一下呀。艺还没学精呢，就想出师啦？好在这样的情况还是第一次出现，她又一想，也许是晚上熬了夜，睡过了头。再等等看。可是，左等右等，一个上午都快过去了，还是不见郝新冒头。向钥匙有点担心起来，会不会出什么意外？一想到意外，她就有点忐忑不安了。要知道，当初男人就是在那场突如其来的意外事故中永远离开的呀。她心里有一种说不出的慌乱。尽管她不相信，命运会一次又一次将她推到绝望的悬崖边。她努力把腰板挺直，定了定神。然后，她拿起了手机。

“对不起！您拨打的电话已关机。”

向钥匙把手机贴在耳边，就像贴着枕头睡觉一样，沉沉地，回不过神。

从那天开始，郝新再也没有出现过。他就那么平白无故，没有任何先兆，没有任何说明，就从向钥匙的生活中彻底消失了。

大约又过了半年。这天，向钥匙正在门市上闲着无事。也不知什么原因，出门在外到处乱跑的人少了，所以忘记带钥匙把自己关在门外的人越来越少。跟周围的小商小贩一样，向钥匙的开锁生意也明显受到影响。需要开锁的人少，她就把主要精力转移到卖锁上。但买锁的人一样不像原来那么多。想想也是，大家一天到晚都待在家里，哪还需要锁来挡“肖小之徒”呢？以前卖得很好的密码锁、电子锁、刷脸锁，也都不好卖了。钱越来越难挣呢，大家把心思都放在了挣钱上，而不是保财上。向钥匙正想着这些乱七八糟的事，就见两个精神十足的警察径直走进门来。

走在前面的警察到了向钥匙面前，问：“你是何桂碧吧？”

向钥匙好多年都没听到有人叫自己名字了，一时没反应过来，愣了三四秒，才赶紧回道："是是是！我是何桂碧。平时大家都叫我向钥匙。"说完，有些不好意思地笑了。

警察也觉得有点好笑。居然有人会把自己名字都搞忘了的。但再一想，也在情理之中。警察脸上有了笑意，氛围就不像刚才那么严肃。前面的警察指着斜后方的警察说："这位同志是从湖北赶过来的。有一桩案子，需要跟你核实一些情况。"

向钥匙脑子里嗡的一声响，自己从没有去过湖北，为什么会有湖北的警察找上门来？自己向来胆小怕事，违法乱纪的事做梦都不敢想，为什么会有案子跟自己牵扯上？

那位湖北的警察上前一步，离向钥匙更近一些，说："郝新这个人，你认识吧？"

向钥匙心里咯噔一下，她似乎有点明白是怎么回事了。"认识。他以前是我男人的徒弟。"她本想说后来也是自己的徒弟。但转念一下，还是算了，免得越说越复杂，越说，反倒越说不清。

湖北的警察转脸对另一位说："这就对了。"

先前开口的警察显然是本地人，肯定是县公安局派来协助调查的，这时候说："你跟我们走一趟吧。有些事情，我们需要了解得更详细。"

从公安局大门走出来，向钥匙总算松了一口气。只要她知道的情况，她都毫无保留地向警察和盘托出了。但同时，她又始终觉得，心头就像压了块巨石，怎么想用力掀，都掀不开。她觉得心脏被压得怦怦乱响，仿佛下一秒就会被压破似的。她怎么也想不通，看起来那么羞涩、腼腆的一个年轻人，怎么会跟偷银行保险柜扯上关系呢？别的不说，现在都什么年代了，监控视频、报警设施样样俱全，还想着去偷银行，不是傻到连基本的常识都没有，就是一碰到关键问题脑子就发热，总以为万一运气好，得了手，一辈子，甚至下辈子就彻底翻了身。所谓“富贵险中求”，说的怕就是这类人吧。更让人想不到的是，这个郝新，出门在外的这些年，根本不像他自己说的那样在广东打工，而是成了个四处流窜作案的惯偷。前些年因为都是偷的寻常百姓家，又打一枪换个地方，所以警察费了九牛二虎之力，虽然也掌握了一些证据，但就是拿不到这个具体的人，归不了案。这次倒好，他自以为神通广大，竟然胆大包天到去偷银行保险柜！然后，就被警察瓮中捉鳖，直接逮个正着。更让向钥匙冷汗直冒的是，你说他自己偏要往枪口上撞也就罢了，可差点还搭火烧铺盖，把她这个本本分分的弱女子也牵扯进去。

原来，郝新闯进银行去开保险柜，用的居然是向钥匙男人生前的“钥匙”！当然，这里所说的钥匙，并不是像人们平时所见识、所理解的钥匙，而是一种特殊的工具。这种工具市面上从来没有卖的，都是技艺高超的开锁匠根据经验自制的。制作出来，也知道很难用得上，不过就是图个虚荣。你看我多厉害，银行保险柜，我都能打开！向钥匙知道男人有这套工具，也知道男人曾经真的用过这套工具。每每在她和郝新面前讲到那次开锁经历，男人脸上都浮现出无限的荣光，仿佛能把银行保险柜打开，就跟战士上战场杀敌，直接一枪撂倒敌方阵营最高指挥官一样。那种感觉，别提多爽、多妙、多开心！但男人开银行保险柜，跟郝新开银行保险柜有本质的不同。男人去开，是那个镇上的银行工作人员不知什么原因，竟然忘记了前一天刚设置的密码，怎么打也打不开。最后不得已，才向开锁匠求助。但开银行保险柜，并不是所有的开锁匠都有的本事。整个新县城，一个一个数，有这本事的，绝不会超出三人。

但向钥匙跟男人在一起的那些年，男人再也没有机会用那套特殊的工具了。时代在进步，银行的保险设施也在更新，向钥匙不知道现在有多少银行还在用那种老掉牙的、需要手输密码的保险柜，但她相信，像那个镇上那样的银行工作人员，寻遍全国，怕也找不出第二个了。保险柜密码都能忘记，那心得有多大，得有多失职才能干得出哇！

可是，明明是男人的“钥匙”，怎么就到了郝新手里呢？一想到这个问题，向钥匙就觉得背脊一阵阵发麻。现在看来，一切肯定都是有预谋的。比如，那天夜里她出去开锁，都凌晨两点了，他怎么会刚好就在她楼下？他说他才坐长途车回来，可那只是他的一面之词。难道不会是，他早就在楼下的门市外面伺机而动？只是刚好见她出来，就临时改变主意，今晚不要行动，而要用一种更隐蔽、更稳妥、更手到擒来不会有任何闪失的方式去达到目的？他的运气也真是好，他跟踪了她，竟然真的让他碰上一个英雄救美的大好机会。然后，他再靠近她，甚至走进她的生活，不就是顺理成章、自然而然的事吗？

之前想不通的一切，现在都想通了。包括他为什么要继续来当学徒，为什么连工资都不要，也愿意留下来帮她。他是在寻找机会呀。他知道师傅有那样一套工具，但他不知道，师傅把那套工具到底放在哪儿。不要说他不知道，就是向钥匙，也不是十分清楚。一辈子可能都用不上的东西，谁会关注、关心呢？

而一旦他的目的达到，就果断消失。

现在看来，他的计划是成功的。因为自始至终，他所做的一切，她都被蒙在鼓里。如果不是警察找上门来，她都不知道男人以前的那套特制的开锁工具，竟然已经失窃了！

郝新这事对向钥匙的打击不可谓不大。首先是动摇了她对人与人之间最基本的信任感。她想不到，一个人在另一个人面前，竟然可以伪装得这么深。你所看到的善，可能是恶，你所相信的真，可能是假，那么，我们到底该信谁，或信什么呢？谁或什么，才是真正值得我们相信的呢？其次，也直接影响到她对待生活的态度。特别是在开锁这件事上，她不再像以前那么积极热情，人家一打电话来，就好像自家的房门被关了一样，生怕跑慢点，就生出什么意外来。现在，她就是把开锁当成个谋饭吃的工具，工具总是冷冰冰的，用得着的时候，拿起来，用不着了，扔到一边，完全跟自己没关系。当然，该快的时候，她还是会快。她的快，不再是急他人之所急，而是快点把这单跑完，钱一到手，又可以跑下一单。就好像，她要服务的对象，不再是一个个有血有肉的人，只是一串又一串阿拉伯数字，这些数字不再是电话号码，而是一张张人民币。

她又想起了前些天一直在心里折磨她的问题，门轻轻锁上那一刻，她仿佛有了自己的答案。是的，有时候我们确实不知道该信谁，但至少我们还可以信自己。我们也的确不知道什么才是真正值得我们相信的，但“救人一命，胜造七级浮屠”，这样简单的至理名言，一定是值得相信的。

（原载于《北方作家》2023 年第 6 期）

对门

最近这段时间，胡先已经够头痛了，没想到，令他更头痛的事又来了。说起来，这事跟他也没什么直接关系，不过就是对门又开了家包面铺子。但是，说没什么直接关系，并不是说没关系，毕竟，胡先在这条街上，开包面铺已经二十年出头了。

二十年前，胡先选定在这条小巷，而不是在仅一梯之遥的大街上开始自己的包面营生，最主要的原因，就是这一排门市便宜。从上面街口走下来，十秒钟不到，门面的价格，却一个在天上，一个在地下。是呀，你若仔细数一数，从梯口下来，也不过二十来步的距离，却仿佛天蓬元帅一个趔趄，从嫦娥的广寒宫直接就跌落到人间的猪圈里。没有人能说得清，距离这么近的两个地段，价格的差异为什么会如此之大。胡先却有自己的认识和判断。他觉得，一定是对面那个公厕的原因。公厕公厕，就是公共厕所嘛。既然是公共的，在卫生方面，自然就没有谁上心。冬天还好点，特别是夏天，臭气熏天不说，屎蚊子还到处乱飞，嗡嗡嗡的一大片，好似都约好了一起来碰头商量国家大事一般。前面的好多年，也没有专门的清洁工来打理。胡先倒也想得开，在门面价格上得了便宜卖了乖，面对眼前这一窘境，他就只能默默承受。说默默承受其实也不准确。准确说，是默默付出。就是说，他每天忙完店里的事，就会抽空去对面公共厕所，把里里外外都打扫冲刷一回。就好像，公厕就是他自家的卫生间，不过是面积更大些，进进出出的人更多些。所以，尽管他的包面铺在公厕对面存在了二十年，却一直像个不倒翁似的，中间晃是晃了几次，晃来晃去，最后还是把腰杆挺直了。不但把腰杆挺直了，连脸上，也时常焕发着毛茸茸的容光。在最火的那几年，他的包面铺前，一到早上，时常都排着长长的队伍。有时候是从下面的小巷一直排到上面街上去，就像一群铆足了干劲的人，正在玩老鹰捉小鸡的游戏。不同之处只在于，在老鹰捉小鸡的游戏里，老鹰只有一只，目标是母鸡身后众多的小鸡仔；此刻的队伍，老鹰却是一群，要抓的，都是那碗叫作包面的“小鸡”。有时候，排队的人太多了，只能在公共厕所前面的空地上弯来拐去，就像一只盘桓的龙，蜷缩了几圈，实在没地再盘了，才在梯子下面，把尾巴一翘，伸到上面街道去。

一句话，胡先在最初的十几年里，他是挣钱了，是挣大钱了。他甚至都开始计划，再多挣那么几年，说不定就可以把铺子买下来了。当然，这样说，只是证明他很快就会具备买下铺子的实力，并不是说他一定会买。就算他要买，人家也未必肯卖。

可是，有一句话说得好，计划不如变化快。三年前，疫情一来，他的生意就开始一路滑坡，就像他的小儿子最喜欢在龙缸景区玩的滑草游戏，一旦进入轨道，速度越来越快，风驰电掣一般，想停都停不下来。小儿子滑草，寻的就是那种急速下落的刺激感。可是，对胡先的生意来说，下滑的速度太快，刺激是有了，钱却没了。

没钱的胡先，该怎么维持他的家用，怎么带他的小儿子去滑草场，继续去寻找那种急速下落的刺激感呢？当然，说胡先没钱，也只是相对而言。他肯定还没到达身无分文、穷困潦倒的地步。所谓相对，就是相对于他之前那么多年的好生意。生意淡了，在铺子前面排队的人没了，但来吃包面的人肯定还是有，只是不多。偶尔三三两两地围在店里的小桌前，或者形影相吊地独坐在靠墙的角落里。

所有人都看得出来，胡先的包面铺，撑也还撑得下去，但肯定是赚得不多了。可所有人都看不出他内心的烦恼。生意衰败这件事，急没用，愁更没用，反正不是他一个人的事，这几年，凡做生意的，又有几个敢说顺风顺水，赚得金盆满满呢？只要还能坚持，总会有熬出头的那一天。他常常这样安慰，或者鼓励自己。

尽管处境艰难，胡先并没有丧失对生活的希望。就好比，尽管天上有乌云，但毕竟还是大白天，不是黑黢黢的夜晚。而且，他从来都不相信，天上会一直乌云密布。

有乌云密布的时候，自然就会有云开雾散甚至光芒四射的那一刻。

可偏偏在这时，对门居然又新开了家卖包面的！

这就等于，胡先内心里那点本来已经十分微弱的火苗，突然又被泼上来一盆冷水。冷水泼过来，冷是必然的。可胡先的内心不仅仅是冷，还有绝望，有愤怒，有对对门那家铺子深刻得难以磨灭的恨！他的绝望，他的愤怒，他的难以磨灭的恨，当然只因为，那支撑他渡过难关的信念之火，被无端的一盆冷水泼过来，险些就被扑灭了。

为什么，你晚不开，迟不开，在我最不顺遂时来开？

为什么，你东不开，西不开，非要在我对门来开？

对面那家包面铺选择开在公共厕所旁边，与公厕仅一墙之隔。这是胡先郁闷的心里唯一可以感觉舒适点的地方。要知道，那家门市已空闲多时。先前开过服装店、玩具店、杂货店……却没有一家能全身而退，都是亏得一塌糊涂，最后不得不把门一关，落荒而逃。

虽然公厕最近几年已经纳入了市政管理范围，有安排专人负责打扫卫生。现在的公共厕所，与十几二十年前的公共厕所相比，早已不可同日而语了，臭气自然是没有了，嗡嗡乱飞的屎蚊子也早已绝了迹，而且，还有落地鼓风机摆在门口，清洁人员一来，把开关一开，就往里面呼呼呼地灌风，自动冲水的小便器上方，还点着熏香，一进去，就感觉异香扑鼻。但厕所毕竟是厕所。

所以那个门市，总是败的人走了，走的人败了。

但是现在，还是有人不信邪，也或者并不是租的人不信邪，大概率是像当年胡先租门市时的想法一样：便宜。那是挨公厕最近的门市，在这一排本来就已经十分便宜的门市中间，自然就更便宜。只要便宜，成本支出必然就少。成本一少，对生意来说就是一切皆有可能。

或许就是抱着这样一切皆有可能的心理，对面的包面铺就默默无闻地开了张。说默默无闻，是因为它不像其他门市，不论是做什么的，总要选个良辰吉日热闹一番，手笔大点的，要请县城里的乐队过来，唱一阵，跳一阵，然后，主持人再跟台下的人群疯一阵，一会儿向空中抛撒点糖果，一会儿又吆喝几个小孩儿上去抢红包，或者出几道跟商家有关的所谓问答题，答对了就有纪念品可以领。如果商家手头捏得紧点，不像这么大方，那就请社区的老头儿老太婆组成的腰鼓队，一行十几二十号人，穿着统一的服装，迈着整齐的步子，挎着一样的腰鼓，从社区出发，一路行将过来，所到之处，锣鼓喧天，场面震撼。到了门市前面，至少要闹上半个时辰，叮叮咚，叮叮咚，叮叮叮叮咚……节奏简单明快，鼓声震耳欲聋。一切都是为了一个“喜”字。再不济，也会请亲朋好友，或者明明是自己掏腰包，也要冒充几个亲朋好友，按时送一批花篮过来，往门市前面的空地上分两排摆放，那阵势，有点类似于礼仪小姐分侍两边，对进店来的客人夹道欢迎。

但对面刚开的包面铺没有，所有这些喜庆的程序都没有。人们还没怎么留意到，至少头一天还看不出什么眉目，第二天就猛然发现，咦，怎么这里又开了家店，还是卖包面的？再朝它对面一瞧，两家都一样，都是卖包面的。人们心里就开始打鼓了，这个地段本来就不怎么样，以前一家，能做就十分不易了，现在又来一家，所谓一山还难容二虎呢，往后哇，就看各家的本事如何了。

胡先对对门的关注自然是少不了。只要一得空，他就搬把椅子到门口，跷着个二郎腿，一副悠闲自得的样子。表面看，他是活干累了，找个空当儿在休息，实际上，他是在斜着眼睛观察对面的动静。几天下来，胡先对对门的包面铺有了最基本的印象。

先说那一男一女，虽然没得实证，但多半像他一样，开的是夫妻店。男的是厨师，女的是服务员，也不请外人，两把劳力就把整个店撑起了。年龄都不大，男的大约四十上下，女的顶多三十出头。男的圆脸，凸肚，个头不高，除了做事时穿着专门的厨师服，平时都是一身深色西服打扮。说实话，在胡先眼里，看过去，看过来，都不觉得男的是做面食的出身。那样子，倒非常像前些年重庆的一部电视剧里“傻儿师长”的形象。女的面容姣好，皮肤白皙，最明显的特征，就是那一头自上而下，像瀑布一样倾泻下来，在稍稍一点微光的映照下都显得熠熠生辉，把整个屁股都快遮住了的秀发。因为头发太长，也不好束拢，就让它自自然然地披散在后背。好处在于，所有从铺子前面路过的人，都会自觉不自觉地被她的长发所吸引，情不自禁地要扭头去看一眼。从生意的角度来说，这就是个活广告。刚好有食欲的人，或者看到这一头秀发就突然产生食欲的人，很可能就会停下来，把身子一侧，往铺子里面迈去。但如此长的头发披散在后背，也有它的不便之处。比如，女的在给客人端茶递水上包面时，就得十分小心。搞不好，把头发丝拂到了客人的茶杯或碗里，即便别人不说，自己也不好意思。

胡先还发现，这一对男女做事总是那么漫不经心似的。别人家的门市，每天开门，总是能尽早就尽早，他们不是。他们是能尽晚尽晚。太阳不晒到屁股丫子上，是看不到他们把门打开的。照理说，这不应该。只要是做生意，都不应该。常言道，早起的鸟儿有虫吃。你起晚了，别人把该吃的虫都吃完了，你还吃什么呢？再说了，像这些地段的小门面，哪家哪户不是把下面当铺子，上面当睡房呢？不过就是在头顶镇了一层阁楼，又不需要到别的地方去住。睡在这里，还那么晚开门，道理实在有点说不过去。

但显然他们并不这么看。他们就像这一群商铺中的另类。他们一定要睡好了，才慢悠悠地起来。好像做生意并不是他们真正要关心的事一样。今天的包面到底能卖几碗，收入扣去支出，是不是能抵得了这二十四小时的房租，他们好像从来都没有去算过似的。用好听一点的话讲，这叫佛系活法，用不好听的说，其实就是个懒字呗。

这倒也好。原本胡先还如临大敌一般，生怕这个平地里突然冒出来的竞争对手，会把自己逼入绝境。没想到，来的却是这么一对活宝。

胡先暂时放松了警惕。

但没过几天，他又发现情形有点不对劲。

对门的那一对活宝，虽然做起事来让人瞧不起。但他们也有自己的绝活，是他胡先怎么学也学不来的。

那是对门的包面铺开张的大约第七天吧，准确说到底是第几天，胡先也记不清，反正是没几天，那个像“傻儿师长”的男的突然从外面搬回来一套家伙。刚开始，胡先也不知道那么大个堆头到底是什么，直到男的把包装拆开，东西全摆出来安装好，才看清，原来是个半人高的音响设备呢，还自带屏幕的那种。一句话，那就是个小型的卡拉OK装备。男的话筒在手，喂喂几声，女的就出来，接过话筒。男的又将一根什么线头抽出来，插到一个金光闪闪、像巨大的海蜗一样的器具里。然后，男的就对准“海蜗”的口，鼓起腮帮，呜呜呀呀地吹起来。女的拿着话筒，一开口，声惊四座。当然，四座只是个夸张说法，他们的包面铺，摆下三张桌子已经很满了。这是这一带做吃食的商户们惯常的做法：门市租小点，可以节约一大笔费用，如果生意好，屋内不够用，再临时往门前的空地上摆几张桌子就是。

胡先显然没有料到，对门那一对男女不把力气往正经道上使，倒喜欢搞些歪门邪道的小把戏。既然是做包面，那你就老老实实在味道上下功夫，就像这二十来年他所做的那样，勤勤恳恳，就像那些采蜜的小蜜蜂，多劳多得，不劳不得，想要不劳而获，那不是天方夜谭吗？

然而，对门的小把戏，竟然也能收到一些意想不到的奇效。

没生意的时候，夫妻俩一个吹，一个唱，一唱一和，很快就吸引不少路过的人驻足观望。然后就有人顺势往门前的桌子上坐下。这时，女的会停下来，过去询问是否要来碗包面。如果得到是肯定答复，女的又回到先前的站位，有时候，可能是站累了，就索性坐到一旁的凳子上，继续唱。男的就放下手里的家什，进到屋里的灶台前，把包面煮好，再恭恭敬敬地给方才的客人端出来。

客人既饱了口福，又饱了耳福，还能顺便饱饱眼福，只要是真正有食欲需求的，何乐而不为呢？

这一招，确实对胡先造成了真正的威胁。只要对门的音乐一响，嗓门一开，他就觉得，那些本来很美妙的声音，突然就像催命符一样，搅得他心烦意乱。尽管明明不满，还不能理直气壮地过去喊停。别人在自己的铺子前，他要做什么，你怎么管得着呢？

再说了，各家门前这条巷子，是公共区域，要管，也只能是市政的来管。可是，这里本来就比较僻静，没在大街上，市政也懒得来管，弄不好还自己给自己添堵，所以通常也是睁一只眼闭一只眼。

胡先当然不会坐以待毙。

他一直在琢磨，如何才能打破眼前这个困局。

困局。是的，他用的是困局这个词。胡先肚子里的墨水虽然装得不多，但没事的时候就喜欢像截木头一样待在电视前面混时间，很多不会的词慢慢也就会了。所谓耳濡目染，大概就是这个意思吧。特别是最近一两年，这种耳濡目染的机会是越来越多。有什么办法呢？生意冷清，上门来的客人就像癞头上的虱子，明摆着。

明摆着，就是没几个呀。

胡先时常就会在电视机前面怀念那些人满为患的大好时光。有人在铺子里像织布机上的线头一样穿梭，有人在铺子外面排着队，不是像老母虫一样蠕来动去，就是像老母鸭似的抻长脖子往前面挤，那是多么令人提气的高光时刻呀。

那些仿佛永远都无法散去的人群，不仅意味着沉甸甸的人民币，更让胡先有一种轻飘飘、好似在天上飞的感觉。他不知道用什么词来形容，也许，就是电视里时常被人提到的尊严，也或者，其实就是某种来之不易的幸福感吧！

那些年，胡先生意好，当然有运气的成分。做生意，谁不讲个运气呢？只不过，云阳人不把运气叫运气，而是叫火头。说某人生意做得好，就是某人火头好。但平心而论，火头好只是一时半会儿的事，要一直好下去，好他个十几年，那就有点说不过去了。所以，胡先先前生意的好，主要还是凭了他的真本事。用云阳话来说，就是有那么两刷子。胡先明白，他的那两刷子，细细一想，还真就只有那么两刷子，一把刷子是材料要货真价实，掺不得半点假。主要体现在包面的馅儿要用精瘦肉，不能像有些无良商贩，专挑槽头肉做；包面的皮儿要薄，皮儿薄才润口滑腻，口感舒适；更重要的是，买作料也不能贪便宜，有句话说得好，一分钱一分货，你要贪便宜，买到假货、次货，最终客人会用他的脚来投票。客人的脚都不往铺子里踩了，你的生意再好，能好到哪儿去呢？这就叫反噬吧。胡先想到这儿，忍不住瞅了一眼墙上的电视，一丝久违的笑意浮现出来，反噬，嘿嘿！电视这玩意儿，还真是好。第二把刷子呢，就是兑作料。作料要兑得合适，合适就是恰到好处，多一分不行，少一厘也不行。一分一厘，不差分毫，要的就是个刚刚好。这事儿看起来容易，真要做好，不刮个几层皮，都是说得好耍。他自认为自己脑壳笨，但笨人也有笨人的好处，就是不会偷奸耍滑，一切都按照最笨的方法来——只要没客人的时候，他就在厨房里倒腾，这个一小瓢，那个一汤匙，兑好了就尝，自己尝不够，还要叫来老婆娃儿一起尝，如果大家都说，好，味道真好。那就真是味道好了。但还不满意。没过一会儿，又调好一个味，又叫来老婆娃儿一起尝。老婆娃儿被叫得不耐烦了，就说，要尝你自己尝，我们舌头都木了，再尝，一会儿吃饭都没胃口了。就这样，差不多三个月过去，胡先才最终停下来，向客人奉献出他自认为最满意的味道。

事实证明，胡先做得对。他这个笨人的笨方法，在很长一段时间，确实给他带来了相当丰厚的回报。如果不是受疫情影响，他相信，他的包面铺会一直火下去。

然而现在，他不得不面对对门那一对男女剑走偏锋似的竞争了。

客人本来就在急剧减少，现在，对门又搞出那么大动静来吸引人的眼球。除了一些一直在他这里光顾的老客人，不为他们的花招所动，很多新客人，都被他们抢过去了。胡先心里冒出来这个“抢”字，并不是情绪所致，而是真正经过了深思熟虑才得出的结论。

怎么不是抢呢？

虽然他们也没有过来把我这边的客人拉走，虽然他们甚至也没有向他们那边的客人伸出过一只手，但是，一个吹，一个唱，这个行为本身，不就是要把客人往他们那边引吗？

引，不就是抢吗？

不是用手抢，而是用歌声、用器乐声来抢！

胡先想，我必须反击！

第二天，胡先的包面铺前也架起了音响。比对门的那个个头更大，声音更响。开关一开，简直要把周围的房屋都震塌下来似的。胡先想，我不会吹，也不会唱，可我的音响会吹、会唱啊，不但会吹会唱，还会跳呢。不就是比个阵仗嘛，那就比呗。只要我的声音压着你，看你还能怎么着！

这一下，这条本来很寂静的小巷突然就热闹起来了。因为胡先把音响声音开得很大，自带屏幕里，又是唱歌，又是跳舞，全是欢庆喜气的场面。对门那家显然有些措手不及。“两口子”时不时朝这边张望几眼，但又不好过来说什么。毕竟，是他们先开了这个头，才导致了如今这样对立的局面。

先是有周围的商户不满了。你说有一家搞得热闹点，大家劳作之余听听音乐听听歌，能欣赏就欣赏，能放松就放松，也未尝不是一件好事。而且，那家新开的包面铺，夫妻俩看起来本本分分，男的吹也好，女的唱也罢，都还斯斯文文，音量适度，至少没有扰民。现在倒好，两家一起来，特别是后面这家，声音开得震天响，一天到晚不停狂吼，自己想离也离不开，长此以往，谁的耳朵受得了？

美妙的音乐，早成了烦人的噪声了。

但大家都还把劲憋着，没有爆发出来。毕竟，都是抬头不见低头见的邻居，即便要制止，也要想好话该怎么说。说出来的话，怎么才既好听，又管用。不然，除了把人得罪，什么用都没有。

毕竟，他们都是在自家门市前摆的音响。要去说理，总要有个让人心悦诚服的说法。

那些原本抱着好奇心到对门来看看，顺便喊碗包面吃的客人，也开始惶惶无主了。他们东瞧一下，西看一眼，两家门市一对比，立马什么都明白了。这哪里是什么竞争，纯粹就是玉石俱焚嘛。有人点着头来，又摇着头走了。更多的人，什么都不说，只愣怔一下，就匆匆消失在小巷尽头。

先是对门那家收起了音响。

在胡先看来，这是一种示弱的表现。对门两口子既没有像他预料中那样，要么把自家的音响换成更大更响的，把这边的声音再压下去，要么直接过来理论。果真来理论，倒还算客气。只怕气势汹汹地过来，不是吵，就是闹，甚至不排除吵闹到一定程度，就开始拉拉扯扯，到最后，就只剩下大打出手了。

所有这些，胡先都预想到了。

但胡先不怕。

胡先怕什么呢？他的一切行动都是为了活命。如果命都活不了，还有什么可怕的呢？吵架也好，打架也罢，都是为了活命的一种抗争，就算到了最极端的程度，也不过是豁出命去的事。

横竖都是一条命。

抗争，总比什么都不做要值。

然而现在，对门却很快示弱了。就好比，两军对垒的战场上，一方刚刚摆出决一死战的架势，对方居然就立马偃旗息鼓，自动撤退了。

这是为什么呢？胡先有点想不通。他想过各种激烈的对抗场面，唯独眼前这一种，他没有想到。难道，是对方太软弱，不想把事情闹大？除了这个原因，胡先确实找不出更合理的解释了。

不管怎么说，这样的结果最好。都是生意人，和气才能生财。不到万不得已，谁愿意把关系搞得剑拔弩张呢？既然对门让了步，那好，谁都不是不讲理的人，我这边，也把音响撤了吧。

两边的音响一撤，小巷又恢复了昔日的平静。周围的邻里都松了口气。还好，没有莽莽撞撞过早出去干预，本来一颗好心，说不定还会被当成驴肝肺呢。现在好了，他们自己把问题摆平了。

一切仿佛都皆大欢喜。

但胡先还是发现了异样。他发现，自从对门把音响撤了，他们每天开门的时间也更晚了。有时候都十点过了，还不见人影；有时候，甚至半天都是大门紧闭。包面属早点。来吃包面的，都是趁早专门过来，或者上班途中顺路，便要一碗把肚皮填饱。真正在中午或晚上再来吃包面的客人，不能说没有，却并不多。如果非要按比例来说，大概也就是个四六开吧。早六，中晚加起来，算四。也就是说，对门这种姿态，完全不像是做生意了。在此之前，虽然他们也起得比较晚，但一般不会晚于八点。八点之前，他们该做的准备工作也做得差不多了。客人一来，点一碗，包面就直接下锅。因为早上客人相对多一些，所以他们两口子吹吹唱唱的时候就少些。毕竟要养家糊口呢，挣钱才是第一要务。忙得开的时候就让音乐增添点情趣，实在忙不开，他们也没有笨到只要情趣不要钱的地步。到了中午或晚间，客人比较少，他们在音响前面露脸的时候就多些。没有撤音响的时候，隔那么二十来天，他们也会突然消失一段时间，有时候三四天，有时候四五天，反正是，三天打鱼两天晒网的样子。胡先想，这两口子过得也真是“潇洒”，只要脑壳过去了，也不管后面屁股来不来。钱都没挣到几个呢，还有心思动不动就到外面去荡、去逛、去疯！真把自己当成了活神仙啦？其实呢，不过就是一对活宝罢了。如果不是后来音响作祟，胡先还真没把他们当成真正的威胁。现在呢，他们消失的时间却是越来越频繁了。有时候才开门个把星期，人气刚刚好些，结果门又关了。弄得有些老客人很不高兴，多吃几次闭门羹，就算你做出再好的味道来，他也不来了。

胡先竟有些隐隐的担心。

说不清缘由，就是纯粹的担心。

除了担心之外，胡先还惊异地发现，内心里，竟还有一丝丝完全没来由的自责。会不会是自己做得太过分，让他们感觉到这里不再有他们的立足之地？他们对待生意的态度，才这么一副要死不活的样子？

还有更大的发现。每次他们从外面回来，胡先都觉得，男人显得更憔悴，女人则更苗条。而且，她脸上的皮肤也更加白皙。看起来，就好像刚出去这一趟，不为别的，就是为了去好好化一次妆似的。而她满头的秀发，则更加迷人。在此之前，胡先从来没有认真去观察过任何一个女人的头发，包括自己的老婆。老婆的头发本来就很干枯，看一眼，像茅草，摸一把，又像稻草堆。女人不同。女人的秀发在阳光下闪耀着无数的光点。胡先就感慨，对于头发这种东西，真是越黑越亮啊。风轻轻一吹，她的整个人都仿佛要跟着飘起来似的。

原来，这就叫美呀。

胡先确实被女人美丽的秀发吸引住了。这时候，他就越发地自责。想想自己曾经用那么恶劣的态度，伤害的，竟然是这么美丽的人。怎么说，都不是一个男人应该做的事。

胡先记不清那是对门那对男女回来的第几天了，反正是，那天刚好狂风大作，眼看着一场暴雨就要来临。天还早，七点不到，好些门市都还没开。按理说，这样的天气，这样的时辰，如果不是特别紧要的事，人们一定会待在屋里，等这一阵风雨肆虐完之后，再做出门打算。

然而，意外的一幕却在这时出现了。那一对男女，平时做生意，总要睡他个儿不认母才肯起床，今天也不知怎么了，居然早早就开了门。早早就开了门，也不像要正经做生意，而是一前一后出了门，接着就把门上了锁。胡先才发现，他们脚边，都拖着笨重而累赘的行李，不像以前那样出门时轻装简行。今天这样的行头，更像是搬家的样子，仿佛一转身，就与这里一拍两散了。

胡先张了张嘴，想要说点什么。但到底还是忍住了。说什么呢？有什么好说的呢？说到底，他与他们都只能算萍水相逢，做对门邻居都快大半年了，却连一句话都还没有正面说过。

忽然又一阵风来。胡先听到头顶的招牌被吹得哗啦啦直响。有时候他真担心，风再大点，或者再这么多吹几次，招牌就会掉下来。至少现在，招牌还没掉，但不远处，那坡石梯旁边的老黄桷树，有几枝树丫却被吹落了。树丫落下来，差点砸到女人的头上。

女人的头。

女人的头发。

胡先这才惊讶地发现，女人那满头葱茏的秀发，居然不见了！女人那长长的头发被一股突如其来的大风吹落了，掉到了地上。

女人光着头。惶恐无助地呆立着，然后，一把抱住了身边的男人，肩膀不停地耸动。男人将女人紧紧地搂在胸前，手掌不停地拍打女人的后背。然后，弯腰，将地上那一堆已经被满地的雨水、落叶和其他一些根本叫不出名来的污秽之物糟践得一无是处的头发捡起来。他犹豫了好一阵，不知道应该将头发继续握在手里，还是应该重新戴回女人的头上。本来，他们各自打着雨伞，这时候，女人的伞已经收起来。他们的头顶，只有一把共用的雨伞了。伞有点小，行李箱完全暴露在外，男人的大半个身子也已被淋得透湿。但女人没有了那一头长长的秀发，行动起来反倒利索了许多。像个小孩儿似的偎在男人身旁，衣服总体还算干燥。两个人一小步，一小步，慢慢往前挪移。

有那么一瞬，胡先仿佛觉得，男人回了一下头，往自己这边露出淡淡的笑。因为隔得有点远，胡先不知道男人的这个动作，到底是真实发生的，还是纯属自己想多了，出现了幻觉。

但他确实感觉到了裤兜里又响起了短促的一声“叮”。

事实上，这样的“叮”声，应该是在此之前好一会儿就响起了。大概，就是在那对男女出门之前吧。而且是不间断的，差不多响了十几下。他感觉到了，却没有太在意。手机上总会出现一些毫无来由的“狗皮膏药”。他通常都不愿去理。

但是现在，他好像从男人的笑意里得到了某种暗示似的。

胡先掏出了手机。

果然是一条接一条的短信。只显示了号码，没有姓名。说明胡先的通信录里没有这个人。他下意识地往对门看了一眼，竟然是真的，真的就是对门招牌上留的那个号码！

连起来，短信是这样说的：大哥，我是从你家招牌上看到这个号码的。有些话，临行之前，有必要向你解释一下。我知道，我们的到来，给你带来了困扰，但这不是我们的本意。我和我妻子是在广东打工时认识的。我在一家餐馆做厨师，她是我的墩子（厨房助手）。我们刚结婚，她就查出患了脑瘤，恶性的。医生说，最多还有三个月。我知道她从小爱唱歌，想当明星。但她和我一样，只有打工的命。她除了从小想当明星，还有个老板梦。她曾经对我说，出门打工十几年，如果有朝一日能够自己做老板，这一生也就了无遗憾了。她的明星梦我帮不了忙，但做老板，至少做个小老板，我想我还是能成全她。所以，我就带她回来，开了这家包面铺子。小县城，成本低，万一出现意外，也好应付。我虽然没法让她成为明星，但还是想让她开心地过完每一天。我小时候跟大城市来的一个老师学过萨克斯，多年没用，有点生，但多试几次，也还好。所以我买了音响。我想给她伴奏，陪她一起唱。就算此生成不了明星，也可以让她继续做一回明星梦。现在，我们已经跟病魔斗争了大半年。这大半年里，我们每隔一段时间，就要去三峡医院做检查，然后化疗。完了再回来继续当小老板。她的头发好。听说化疗很容易掉光头发，所以在化疗之前，我们就请人把她的头发剪了，专门做成假发。虽然是假的，毕竟是她自己的。而且，无论怎么治疗，都可以一直美下去。最近几天，她的病情恶化了。我不知道我们还能不能再回到这里。所以，临行之前，有必要向你说声对不起。因为我们的考虑不周，因为给你带去了那么大的误会与烦恼。对不起！大哥，保重！

胡先记不清自己把这些长长的短信看了几遍。他只记得，当他再次抬起头来的时候，风已经停了，雨也没下了。对门那家紧靠公共厕所的包面铺，招牌还依然那么新。

就像，刚刚才开张一样。

（原载于《辽河》2023 年第 10 期）

丢失的床脚

刘玉娟决定去找保安。

保安值班室有监控。

刘玉娟说：“师傅，我家新买的床放在走廊里，拆完包装，还没来得及搬进屋去安装，结果丢了一只床脚，能不能帮我看看监控？”

保安说：“按规定是不能。如果要查看，需要派出所的人来。”他瞅了瞅刘玉娟可怜巴巴的眼神，又像是自言自语，说，“不过，也不是什么大不了的事。看看应该也没什么。”

监控回放了半天，电梯里没有发现任何异常情况。

保安说：“只有电梯里才有监控，走廊里没有。也有可能，拿东西的人走的消防通道，没乘电梯。”

刘玉娟不知所措了，问：“那怎么办呢？”

保安说：“这种东西，不像专门有人偷。可能是捡垃圾的顺手牵羊拿走了。”又像突然想起了什么，说，“你们那幢楼，不就有个捡垃圾的吗？你去问问他吧。”

保安一提醒，刘玉娟立马就想起来，确实有这么个人。而且，刘玉娟对他还并不陌生。是个老头儿，七十出头的样子。个头不高，顶多和大儿子差不多，齐她肩膀的位置。精瘦精瘦的，一年四季都戴着顶瓜皮帽，好像时间于他而言，完全就是静止不动的。他浑身上下，有三样最吸引人的眼球。一是黝黑的脸膛，满是疤痕。也不知是人到了一定年龄，都会出现的老年斑，还是生过什么病，或者出过什么事故，留下的伤痕。反正是，一眼望去，像张疙疙瘩瘩、被风雨腐蚀得凹凸不平的树皮，总有种触目惊人的感觉。二是他长长的烟杆。从嘴里伸出来，本来一个人，非得占去两个人的位置。也不管电梯里有人没人，有多少人，他每时每刻都和烟杆合二为一。仿佛烟杆从来都没有从他的嘴边离开过。

仿佛，那烟杆就是他生命最后的一点依靠、一点寄托似的。

当然，如果电梯里有人，他会忍着不抽，出去了才狠命一吸，仿佛要将刚才没抽的那点时间再深深地吸回来。也不是每次碰到，烟斗里都有烟。没烟的时候，他依然衔着烟杆，神态更为悠闲。只不过，这时电梯里的其他人要特别小心。可能是因为嘴里没有可吸的东西刺激味蕾，而他的嘴已经习惯了不能闲着，所以，冷不丁，一口浓痰就像子弹一样，以迅雷不及掩耳之势，从他嘴里喷射出来。大多数时候，它都能精准地落到预计的点上。但如果离他太近，也难免会有一星半点的唾沫星子溅到人家的衣服上，或者鞋子上。这是他的第三个显著特点。

也怪，没有人发作。

兴许看他那么大把年纪了，大家都能忍。也兴许，都顾及彼此住在一幢楼，抬头不见低头见，懒得去得罪人。

刘玉娟有好几次想提醒他，公共场所，大家都要讲点公共道德。可话一到嘴边，又咽了下去。她想到了自己的父亲，父亲，不也是这个样子吗？在农村，他们吐痰都吐惯了，几十年养成的脾性，要改，哪有那么容易！你不说，他是这样。你说了，他还是这样。

这么一个老头儿，有时，也确实看见他不是在垃圾筒边翻找，就是在旮旯角落，举着根火钳一样的铁具，东夹夹，西戳戳。但这样的时候毕竟不多，以至于，她都一时没有想起来。

刘玉娟的心情慢慢变得复杂起来。她不了解老头儿的具体情况。但凭直觉，不像是外来的租住户，多半是小区正儿八经的业主。道理很简单，这个小区在县城来说，比上不足，比下有余，算个中等偏上吧。一个捡垃圾的老头儿，怎么可能租住在这样的小区里呢？捡垃圾卖的钱，怕是连房租都付不起。多半，是附近的回迁户。这些年，随着城市的扩建，这样的回迁户越来越多。他们本来只是郊区的农民，却在城镇化不断翻涌的浪潮中，把一身的泥土冲刷殆尽，成为城市居民。

成了城市居民，并不意味着一切问题都解决了。房子是用国家补偿款买的。买了房子，补偿款也就所剩无几。生活中那些维持生命所需的柴米油盐，还得靠自己的双手挣。

一个七十来岁的老头儿，他能靠什么样的双手呢？

刘玉娟突然觉得，她有些同情那个老头儿了。

前面说过，刘玉娟对老头儿并不陌生。刘玉娟对老头儿不陌生，并不是因为他们同住在一幢楼里，也不是因为她有时候会看见老头儿在小区捡垃圾，而是，老头儿除了偶尔会捡垃圾，他还卖菜。

老头儿几乎总是在离小区大门口不远的街口处，铺一层塑料在地上，然后在上面摆几把菜。有时候是青菜，有时候是白菜，有时候是葱，有时候是蒜……反正，什么季节出什么菜，他的那层塑料上就会摆出这个季节应该出的菜。

刘玉娟不喜欢去市场上买菜。市场上卖的菜，大都是大棚菜，既反季节，还不知喷了多少农药。特别是农药，刘玉娟最忌讳这个。刘玉娟在医院上班，每天都会目睹许多人来检查身体，特别是年纪稍微大点的，一查，动不动就是这样病，那样病，而最让人忧心的，是癌。癌变患者的比例，在她十几年的职业生涯中，可谓有增无减。有道是，病从口入，所以她在吃这个问题上，始终保持着高度警惕。这不仅是对她自己，更是对家庭，对两个正在快速长身体的孩子负责。

刘玉娟对老头儿有较为深刻的印象，就是从买菜开始的。每天下班回来，只要老头儿在，经过他身边的时候，她总会蹲下来，选几把菜带回去。一来二去，渐渐就有些熟了，渐渐就会简单对几句话。

刘玉娟选择在老头儿这里买菜，一是她觉得方便，二来呢，主要还是认为老头儿的菜不错。老头儿知道她的忌讳，所以每次，老头儿都会说："你放心。这些菜都是我自己种的。没打药。"刚开始，刘玉娟会说："老人家你别扯了。你自己种的？你的地在哪里呀？"刘玉娟想的是，大家都住在一幢楼里，你不认得我，我可认得你。我们周围，不全是钢筋混凝土吗？难不成，你还能从你家客厅刨出一块地来？

老头儿脸顿时涨得通红。说通红其实也不准确。准确地说，应该是黑里透红。就像一颗熟透了、快要稀皮的葡萄。只不过，这颗"葡萄"实在是太大了。你寻遍全世界，怕也找不出第二颗这样大的"葡萄"来。

老头儿涨红着脸，说："你不信？不信我带你去看！"

刘玉娟当然没有随老头儿去看他的地。她有自己的一套甄别蔬菜的方法。说来也简单。先是看。她表现得很随意、很自然地在那一堆菜里翻一翻，瞅一瞅，发现一些菜叶上有针眼或米粒大小的孔洞，就放心了。孔洞是虫子吃成的。虫子能吃菜叶，还担心什么农药不农药呢？如果一时半会没看见孔洞，她会把菜随便拿一些起来，假装把身子再蹲得低些，鼻子差不多就凑到菜叶上面了。这是她使出的第二招，闻。不打农药，要想蔬菜长得好、长得快，就得施有机肥。所谓有机肥，不过是城里文明一点的说法，放在农村，大家说的无非就是屎或尿。

只要有屎尿的气味，菜就不会有问题。

这么多年来，刘玉娟闻了无数的蔬菜。哪些有味，哪些没味，哪些味浓，哪些味淡，哪些有什么样的味，早就了然于胸了。

刘玉娟没有随老头儿去看他的地，但老头儿泼尿撒粪的场面，她还是看到了。说来也巧，那天她和老公照例在晚饭后去外面转一转。转着转着，就来到了社区医院。脑子里没来由地就想到，老头儿曾信誓旦旦地跟她说过，他的地就在社区医院后面。她一直想象不出，医院后面？医院后面能有什么样的地供他种菜呢？好奇心一上来，她就想实地去探看一下。他们现在所在的位置是医院大门口，正对着大街。后面，指的必定就是医院背面。

他们从医院一侧拐了个弯，果然就到了那幢楼的背面。

背面，其实是很大一个小区。小区与医院，中间隔着一道高坎。陂斜陂斜的。那是建房时顺地势筑起的堡坎。

堡坎之上，竟然就是一块一块的菜地！虽然不大，却还工整，井然有序的样子。一眼望去，老头儿正弓着腰，手里握着个木瓢，从身边的一只木桶里往外舀着什么。一边舀，一边泼，一边退。不用说，那肯定就是所谓的“有机肥”了。夕阳之下，老头儿的身影格外别致，就像一幅剪影画。

刘玉娟忍不住打了声招呼。

老头抬起头来。一看是他们，咧开嘴就笑了。

老头说：“怎么样，我没骗你吧？菜真的是我自己种的。”

刘玉娟也笑了，说：“你这地势选得好哇。收得这么紧，不怕有人管。”

老头儿说："怎么没人管？管了都不知多少回了。我是个'癞皮狗'，每次城管过来，我都服服帖帖听他们的。等他们一走，我还是按我自己的搞。"

老头儿说完，又笑了。

这时候，他已经直起身来。阳光正好洒在他那暗黑的脸膛上。还是那种黑里透红的感觉。却不再稀皮得快要烂掉的样子。而是干燥、健康、明媚，仿佛有了阳光的烘烤，一切又有了活泛的生机。

刘玉娟说："你怎么知道这里还可以垦地种？"

老头儿说："我以前就住在这里呀。"他指了指外面的小区，"喏，就是那里。这是老房子，我儿子担心我年纪大了，爬不动楼梯，就把房子卖了，买了现在那个电梯房。"

刘玉娟眼前豁然开朗。哦，原来，老头儿并不是什么占地移民。但确实是地地道道的农民，儿子在城里买了房，他就从农村搬到了县城。可是，他儿子是干什么的呢？怎么从来都没有见过呢？也许，像现在的许多家庭那样，儿女们都在外面打工，留在家里的，不是老，就是小吧？还有，不单老头儿的儿子，还有……还有他老伴儿呢？她，怎么也是从来都没有见过？难道……

"电梯房是要省力气得多。可就是有一样不方便。"

刘玉娟问："哪一样？"

"挑粪哪！"老头大声说，"我都是七十多岁的人了，从现在那个小区过来，担一挑水粪，可不像从前那么轻松了。"

刘玉娟关心的不是他省不省力气的问题，而是，他的水粪从何而来？

说起这个问题，老头又"呵呵呵"地笑开了。

老头儿有些腼腆地说："这还不简单？自产自销嘛。"

刘玉娟和老公都被老头儿逗乐了。虽然鼻孔里时不时传来屎尿的臭气，微风一拂，臭气更甚，可她还是很开心。

有一点是确凿无疑的：他们家吃的菜，是真正的农家菜。

在偌大个县城，能够吃几把货真价实农家菜的人家，又有几户呢？

虽然有心理准备，老头儿家并不像她想象的那般困难，他有儿有女，虽然都在外面打工，但儿子能够在县城买上电梯房，可见经济条件再差也差不到哪儿去，可是，当老头儿把门打开，她一眼瞅进去的时候，还是被镇住了。

很明显，这绝不是一般打工人家的家庭。仅从装修的设计、用材看，都属高档。刘玉娟突然就有些自惭形秽了。她完全没有料到，一个靠捡垃圾、卖菜为生的老头儿，居住的房屋竟然比自己家都还要富丽堂皇、气势恢宏得多。如果不是客厅里简易的竹沙发、饭厅那老掉牙的木质小方桌，还有竖在角落里的竹"哈刨儿"[1]，她真的以为，自己所见的，不是富豪，也绝对是某某高干的家。

虽然跟老头儿早打过交道，但毕竟是第一次寻上门来，老头儿还是有些诧异。

老头儿站在门口，小心翼翼地问："怎么啦？有什么事吗？"

刘玉娟从楼上下来，已经想好了对策。所以，她还是像往常一样，微笑着，不慌不忙地回答："也没什么，今天菜刚好

[1] 竹"哈刨儿"：一种农具，通常在农村晒谷场上使用，以便让谷物铺晒得更均匀，流畅。

吃完了。下班有点晚，路口上没见到你。就找到你家里来看看还有菜卖不？”

老头儿放松下来，赶紧说：“还有还有。快进来快进来！”

老头儿把刘玉娟让进屋去，说：“你先坐。我去厨房给你拿菜。”

刘玉娟乘着这当口又瞅了瞅周围。明亮的光线、金黄的吊灯、质地十分精致的硅藻泥墙壁……她想到了阳台。对，应该去阳台上看看！

阳台上码着东西，一层层垒在一起，足有半人高。都用塑胶纸包裹得严严实实。刘玉娟看不出那是些什么。也许，就跟屋里的筲箕、箩筐、拌桶……一样，都是老头儿从农村带过来的玩意儿吧。

刘玉娟没有看到她想找的东西。

老头儿在背后喊：“就剩这些了。你自己来选吧。”

刘玉娟选好菜，开始有意无意跟老头拉起了家常。

刘玉娟说：“你一个人住这么大的房子，真好！”

老头神情有些黯然，说：“你愿意一个人住这么大的房子吗？不过，我也不是一个人住。我有个孙女，读高中，平时在学校住读，放假了就回来。”

刘玉娟说：“那其他人呢？”

老头儿开始点燃他的叶子烟，抻着长长的烟杆，“吧嗒吧嗒”地吸起来。老头儿深吸几口，终于得到满足、有了余力似的说：“儿子在浙江开厂呢。那么大个工厂，两口子在厂里忙得屁火烟秋[1]，回到家，就什么都不想动了。我老伴儿，就被

[1] 忙得屁火烟秋：指非常忙碌，顾前不顾后。

他们叫过去带孙子了。”

刘玉娟这才明白，原来他儿子是开工厂的。开工厂的老板，自然是不会缺钱的。

可是，刘玉娟还是有疑问。

刘玉娟问：“你有这么能干的儿子，干吗还要去捡垃圾呀？”

老头儿立马神情紧张起来，脑袋不由自主地向后一斜，声音也顿时变大了，活像在跟另外的人辩解似的。

老头儿大声说：“捡垃圾？谁还捡垃圾呀？我好久都不捡垃圾了！”

老头儿连捡垃圾都不承认了，怎么可能承认拿走了那只床脚呢？

刘玉娟下意识地像老头儿一样斜过脑袋，朝墙上瞥了一眼。

那里，是个正在闪绿灯的监控。

刘玉娟不知老头儿去看监控是何意。但他不承认拿走了那只床脚，她也没办法。她总不能在人家家里去搜吧？她想做最后一点努力，说：“哦，我以为你还在捡呢。”然后，她把为什么要买床，那只不锈钢床脚又是如何在眼皮底下丢失的，前前后后，云淡风轻地说了一遍。说得非常小心。就像先前聊家常一样。既不能让老头儿觉得是在怀疑他，又要让他明白，那只丢失的床脚，对她们家，有着何其重要的意义。

出门的时候，她像突然想起了什么，意味深长地对老头儿说：“如果你在什么地方看见了，帮我说一声。我爸明天就要来了，还没安好个睡处呢。哦，对了，他跟您差不多年纪。他来了，说不定还可以经常跟你一起说说话什么的。”

老头儿找来的时候，刘玉娟家刚吃过晚饭。若在平时，她已经和老公一起出去轧马路了。可那天没有。那天她心情很糟糕，除了坐在沙发上发呆，没心思做任何事。

她很烦躁。

如果明天按原计划回老家把父亲接出来，他又睡在哪里呢？总不能，就睡在客厅的沙发上吧？那像个什么话！也不能怪师傅把组件、零件撒了一地，就算他给你安好也没用。想想啊，一个跛子似的床摆在那里，怎么睡？唉，管他呢，明天再说吧。人们不是常说，车到山前必有路吗？

老头儿敲开门。刘玉娟惊奇地望着他。老头居然找到她家来了！更令她惊奇的是，老头儿手里，竟然就拿着那只丢失了的不锈钢床脚！

沉甸甸的。

亮闪闪的。

刘玉娟说：“你这是？”

老头儿面涩涩的。很不好意思的样子。

老头儿说：“我来向你认个错。下午，我撒谎了。”老头儿眼里亮闪了一下，紧接着又说，“不过，我不是真的想撒谎。我是被逼的。”

刘玉娟更加惊奇了，说：“被逼？谁逼你呀？”她搞不明白，他家明明只有他一个人，谁能逼他呢？

“我儿子安了监控啊。”老头儿说，“他不许我捡垃圾。以前跟我说了好多次，我嘴上答应着，实际上没听。又让我孙女监督我。孙女放假才回来，所以，每次在她回来之前，我就把捡来的那些破烂玩意儿卖掉。她也发现不了。儿子知道我没听他的，这次乘着回来过春节，专门在家里安了监控。”

刘玉娟这才恍然。原来，别人家的监控是用来防盗贼，他们家，是专用来防老头儿啊。

“他们觉得捡垃圾丢脸。”老头儿说，“不是丢我的脸，是丢他们的脸。”老头儿在他的标配——叶子烟杆上狠狠吸了一口，又说：“你在我们家那么大声问我为什么要捡垃圾，我当然不能承认了。我儿子说了，他在那边，不但能看到我在家里的一举一动，还能听到我说的每一句话！”

原来如此！

刘玉娟不知道此刻心里是什么感觉。是该为那只床脚失而复得而庆幸呢，还是该为老头儿过着被人监视的生活而难过？

老头儿把床脚递过来，不无抱歉地说：“我也不是故意要捡走的。那会儿，看到走廊上没人，纸壳、泡沫、胶纸，到处都是，我还以为都是些没用的东西呢。把这个提起来掂了掂，沉沉的，就想，这么重，肯定能卖个好价钱。回来仔细一看，亮闪闪的，像新的一样，我还想，这家人可真有钱，这么新的东西，居然也能扔。直到你找上门，我才知道，自己犯错了……”

刘玉娟说：“没事没事。误会而已。你也别往心里去。”

但是，还有疑问在心头萦绕。

刘玉娟说：“你们家阳台上那些——”

不等刘玉娟说完，老头儿抢先回答道：“是的是的，那些码得整整齐齐，包得严严实实的东西，全是我捡回去的垃圾！什么破铜烂铁、瓶瓶罐罐、旧书废报，只要是能卖成钱的，都有。”

刘玉娟为老头儿的矜持而愕然了。他为了捡垃圾，把一切掩饰得多漂亮啊。这简直就像，刘玉娟想了想，这简直就像在跟他儿子玩猫捉老鼠的游戏呢。不，应该是在跟他儿子打游击战！

刘玉娟不明白老头儿为什么要跟儿子这么死扛，说："你儿子那么能干，家里又不缺钱。他不让你捡，你就不捡呗，干吗非要跟他对着干？"

老头儿沉默了半晌，才说："我不捡垃圾，能干什么呢？种菜，也不是天天都能种啊。一季，就出那么一茬呢。卖几天卖完了，还不又闲下来啦？"

刘玉娟心里咯噔一下。她知道老头儿的苦楚了。

但她还是忍不住问道："闲下来，难道不好吗？"

老头儿一脸茫然地望着她，说："什么事都没得做，有什么好？"

刘玉娟说："没事做。你可以看电视呀。"

老头儿的神色更加迷茫了。不像在看刘玉娟，也不像在看刘玉娟身后的这个家，却好像，要把散漫的目光洒向那遥远而无边无际的天幕。

老头儿终于开口了。

老头儿说："电视？电视有什么好看的？看来看去，还不是一个人在看？看完了不看了，还不是一个人坐在那里？"

老头儿显然不想再说什么，转身走了。

刘玉娟的心里像被谁揪了一把似的难受起来。她想，不管是出于道义还是出于同情，她都应该帮帮这个老头儿。可是，她除了望着他默默离去，一个人进电梯，一个人回家，又能做什么呢？

不要说老头儿，看看这个城市里正在亮起灯来的高楼大厦，高楼大厦里一孔又一孔寻常百姓家，能够把一家人维系到一起的，除了饭桌，就是电视，还能有其他的吗？

当一个人无论是在饭桌旁，还是在电视前，抑或在床铺上，都只有他一个人的时候，他怎么可能一直安静下去，而不去做点别的什么？

而她明天就要去接进城来的父亲，情况会有所不同吗？她实在是不确定。她和老公白天都要上班，很多时候晚上还要加班。两个孩子白天要上学，晚上回来还要不停地赶作业。

父亲到了身边。

父亲真的就到了身边吗？

如果把父亲接出来，小区里，会不会又多出一个捡垃圾的老头儿呢？刘玉娟突然意识到，果真到了那一天，她们家丢失的，又何止是一只床脚呢？

（原载于《三角洲·宿豫文艺》2023年第3期）

代驾十年

在代驾圈内，除了刚入行的新手，几乎没有不认识全泉的。到了晚上七点，人们总能看到一个十分熟悉的身影，单薄得仿佛只剩骨架不见血肉的样子，手举一块大约半米高的招牌，上书：十年代驾，形单影只地立在出口。这个出口，通常不是饭店，就是各路娱乐场所，总之肯定是人多特别是喝酒人多的地方，最常见的，比如三峡风宾馆啦、醉八仙酒楼啦、金碧辉煌歌舞厅啦，等等。

关于“十年代驾”，有人就特别看不惯，但也只能哼哼两声，不屑地嘀咕几句：什么十年！我从滴滴代驾开张第一天干起，也不过才七年。十年？十年前，他怕连代驾是什么词都不懂吧？但也没有谁真跟他较劲。大家都心知肚明，他那样写，不过是为了表明他经验丰富，值得信任。虽然不满又不屑，但你仔细琢磨琢磨，还真觉得他有一套，从网上购买的小背心上，前胸后背尽管都印着正正规规、大大咧咧的“代驾”二字，在夜色里闪着荧光，却毕竟不像手举着招牌那样晃眼。而且，大家都穿着差不多一样的背心，他所谓的“十年”经验就完全没办法独显出来。招牌一直很简陋，前些年，不过就是在一块灰扑扑的硬纸壳上，像刚上一年级的小学生，用毛笔画着偏偏倒倒的几笔，正中间，最下摆，再胡乱将一根长木条呈“T”字形钉牢。鸟枪换大炮，也不过是最近两年才有的事，一看，形还是原来的形，材质却完全不同了——那已经是托广告公司，在塑料板表面贴上写真纸特制的招牌了。

大家与他疏远，也不完全因为他的特立独行，还在于，他和别人不同，他不是干滴滴代驾的。他总是独来独往，从不与人主动交往，一句话，说得好听点算“代驾个体户”，说得不好听，就是个“黑代驾”而已，他甚至跟其他黑代驾也一样没话说。关于他的“黑”，人们倒没有多少微词，因为入行滴滴代驾有年龄限制，过了五十岁就没戏了。虽然没有谁确切知道他的年纪，但一眼望去，肯定不是五十岁以下的人了。

就是说，人们善良地选择相信，他“黑”，并不是他“想黑”。

这与有些人一天到晚，想方设法让自己黑，是完全不同的。

这样一个人，看起来与其他“代驾”井水不犯河水，但实际上，却又不是那么回事。他仿佛总喜欢在一些意想不想的地点、瞅准一些意想不到的时机，与大家发生点小摩擦，产生点小不快。

比如刚刚吧。一个客人从饭店出来，全泉立马就迎了上去。客人喝了点酒，但头脑还是清醒的，一看来人胸前的小背心上“代驾”二字正晃着白光，以为就是刚在滴滴上叫的代驾小哥过来了。特别是他手举的那块招牌更是吸引了他，“代驾十年”，嗯，是老手中的老手了！于是将钥匙交到他手里，叮嘱他去地下停车场开车。等全泉把车开到客人身边，接上车，一脚油门才轰下去，身后就有人开始大喊：“停车！停车！搞错了！”全泉点了一下刹车，往后排座瞥了一眼，刚好是自己想拉的那种人，于是没有停，直接把车开走了。气得车后那人追一阵，追不上，只好气喘吁吁地停下来，双手撑住膝盖，头昂得老高，不知道在那里骂些什么乌七八糟的东西。

原来，客人在滴滴上呼叫的时候，代驾小哥刚好内急，去了一趟附近的厕所。才拉了一半，赶紧风急火燎地赶出来，却不想，煮熟的鸭子飞走了。可气就可气在，不是它自己飞走的，而是被人抢走的。这抢鸭子的人，不用说，肯定是那个像干尸一样的家伙。几分钟前，可只有他和自己在这一处候着呢。更气人的是，他明明听到我的喊声，却故意不停车——如果没听到，他怎么会点刹车呢？真是知人知面不知心，看起来一副可怜兮兮的样子，没想到竟是这种人！

但车已经开走了，除了骂几句泄泄愤，还能怎么着呢？

所有的代驾同行都不知道，他们眼里的全泉其实不是真实的全泉，或者说，不是完全真实的全泉。在他们的视线之外，全泉会变成另一个完全不同的全泉。这个全泉一点都不木讷，不闭塞，不像他们看见的那样，打死都吐不出一个字来，而是善于沟通，喜欢主动与他人交流。这里的他人，主要是指车主，指客人。

他的脸孔变幻之快，比电视频道的转换简直有过之而无不及。在车下，还是一根木头桩桩呢，一上车，木桩马上就能抽芽、开花一样。比如，他把油门一踩，会朝额头前方的后视镜扫一眼，如果客人醉得实在太厉害，一沾座位就"呼呼噜噜"扯起来，那当然他也无话可说。只要是对方没有醉得不省人事，他都会瞅准时机，一路跟他搭话。开场白通常都是一个字：夸。比如，他会说："大哥，您长得可真是又富态又精神！"或者，"大哥，您看着可真面善，绝对是个又善良又和气的老板！"再或者，"大哥，一看您，不但酒量大，度量肯定也大！"还有更绝的："您眼神真好，让我来帮您开车。我今天一出门，就捡到两张百元大钞呢，就凭这，您今天运气肯定跟我一样好！"总之是，哪样好听说哪样，先把对方迷魂汤灌了，再说下文。客人心里一舒坦，乘着酒兴，通常是有什么说什么，你愿问什么他就愿答什么。也是，醉酒的人，没人搭腔也大都喜欢自言自语，唠叨个没完，更何况还有人有一搭没一搭地跟你扯。那就扯呗，谁怕谁呀。这就好比架起来烧火的干柴棒子，本来火势就够大了，再被人往架子中间掏空几下，火势自然就越发不可收拾。

但无论扯得有多远，哪怕都扯到了天涯海角，快到目的地了，他总会以非常温婉而适当的口吻，将这场听起来漫无目的的瞎掰拽回来。他总是这样说：“大哥，喝了酒，一定要请代驾！你的选择是英明的！十年前，我亲眼见过一场车祸，就在云中后门往前一点，一辆宝马将一个放学过马路的女孩儿直接撞飞了……”如果听者没有表现出任何异样，车又刚好开到离云中后门不远，他会自作主张地把车绕过去，说：“大哥你看，就在前面，就是那段路上。”瘫在后排的车主即便心有小小的不悦，一般也不会当场发作，人家不希望你酒后开车，更不希望你酒后开车出事，是好心呢。虽然偏了一点航，可毕竟也没偏多少。大多数时候，车主先前已喝得晕晕乎乎，在车上又被侃得满头雾水，哪里会注意到车外面的细节。如果客人表现出明显反感，不想再继续听下去，他会就此打住，不再继续描述他所见到的惨状。毕竟，不是每个人都无惧那种血腥场面。

当然，从来不会有人注意到，他对掰扯的对象也是进行了严格区分的。总的来说，女客人不扯，像他一样枯瘦如柴的，男女都不扯，就是说，他要扯的，都是有点油水的，不说肥头大耳，至少也有点大腹便便的样子才行。似乎也可以理解，这个世界，但凡有点钱，或者有点权的，长得不都是这个样子吗？跟有钱或有权的人套近乎，这或许就是人的天性吧！

至少，是全泉的天性？

然而这千篇一律的结尾，确实为他在客人们中间赢得了好名声。很多车主都会对他产生好感，他们觉得，这才是真正的良心代驾呀，他把钥匙递还过来那一刻，交给车主的，不仅是一趟安全的行程，更有行车安全的意识呢。

就像先前说的那样，客人眼里的全泉与同行眼里的全泉，是完全不同的全泉。至于哪个才是真实的全泉，有时候他想，这个恐怕连他自己一时也说不清。

实际上，除了在同行和客人眼中的形象迥异，全泉还有第三个不同于前两者、更不为外人所知的新形象。这个形象的活动地点是他的家。

全泉的家与他这个人一样，都有点与众不同。比如，正常男人身边终归有个女人做伴儿，他却没有。这样说好像也不准确，准确的说法是，他曾经也有过，但很不幸，后来他失去了。

全泉失去女人的原因也很简单，正是这种简单，让他深陷于刻骨铭心的痛苦，多年来都无法自拔。

他失去女人，是因为他的女儿。

他曾经有过一个十分乖巧、能干的女儿。一直到快参加高考之前，女儿各方面都表现优异，生活上独立自主不说，学习上更是从来不要父母操心，远的不必说了，只说高中这三年，成绩从来没下过年级前三。用班主任的话来说，就是："别担心，她就是一块天生读书的料。清华北大没进，至少也得进个浙大。"

可是，眼看着只有一个月女儿就要进考场，从此迈入她人生中真正的高光时刻，一场意外，却致使她全身上下瘫了大半，双腿双脚完全失去知觉，就是上肢，也只有左手稍微能活动。就是说，年纪轻轻的女儿，像花骨儿一样含苞待放的女儿，在还没有迎来她十八岁生日的那个晚上，不但永远失去了青春的活力，更永远丧失了曾经触手可及的美丽梦想。

女儿的梦想，像一只正冉冉升空的气球，被横空飞来的针刺扎个正着，然后，砰的一声，一切都没了。一家人的希望，也随着那一声“砰”，从此灰飞烟灭。

如果说女儿的残疾是突如其来的当头一棒，已经令他措手不及，除了咬牙隐忍，毫无招架之功，那么，女人的不辞而别，从此杳无踪迹，就是无法忍受的锥心之痛。他知道，他不能将剩余的精力用来谴责女人的不负责任，在艰难面前，毫无担当。他不能要求这个无辜的女人太多。女人本来是他托人从贵州老家山里带回来的，他比她大了整整十五岁，她当初之所以愿意跟他，不就是为了出来赚个好生活吗？可是，他没能给她好生活，却带她陷入了前所未有的困境，他有什么理由责怪她呢？

他得迅速调整状态，为了残疾的女儿，为了这个残破的家。

全泉辞掉了原来常年在外面跑货车的工作，家里只有一个连上厕所都需要人协助的女儿，他得回来照顾她。家里本来就不宽裕，两张嘴每天要吃要喝，这些年来攒下的很少一点积蓄三下两下就见了底。

于是，他就干起了代驾。

干代驾的好处在于，首先，他可以有充足的时间陪伴女儿，不再像做其他事那样一心挂两肠。因为代驾的高峰都集中在晚上八点至十点半，有时候算得“抛”一点，出门到回家，也顶多三个小时左右。一天里，他有大量时间可以自由安排。

更重要的是，虽然工作时间短，收入却并不低，每天装进口袋的，一般都有两三百元不等，如果遇到节假日，特别是春节，一天挣个六七百也是常有的事。

经过了前面那么多沟沟坎坎，代驾师傅全泉家的生活开始稳定下来。就像他上下岗骑着的那辆电动车，从城郊到城中心区，磕磕绊绊，骑了那么长一段烂路，现在，总算拐上了平直大道。没有身边大大小小的汽车跑得快，但心里毕竟舒坦多了。有时候，即便在夜色中，偶尔一抬眼，仿佛又能看见头顶的天光了。

全泉抢同行的生意次数多了，有时候也会迎来一些小小的报复。比如，上次结怨的两个人，这次又在同一地点“仇人相见，分外眼红”了。当然，“眼红”的一方，肯定不是全泉，而是曾被他抢过客人的代驾师傅。师傅自从被抢了单，再也不单打独斗，而是三五成群抱团儿取暖。他们比一般的“黑”代驾有优势。他们主要靠滴滴软件接单，没单可接时，也像全泉一样，可以和车主自主谈单。等待的这段时间，他们一起围在街口，而且一定要挨全泉越近越好。如果滴滴上有单可接了，就一个一个散去。如果没有，那就一直在原地等待。只要全泉准备与车主对接，旁边几个人立马就一拥而上，有人从中间插过去形成隔挡，有人迅速迎上前跟客人攀扯，若还有剩余的人，就在一旁拉个小圈子，像要把他团团围住。其实就是形成一种阵仗，既不给他机会，又能予以震慑。意思就是，记好了，下次再抢，就是今天这个下场。

全泉当然不会跟他们硬来。这不是他的风格，他也没有跟他们硬来的资本。生意被拦下就被拦下吧，反正还有下一位。所以只要他一被拦一被围，他就会识趣地闪到一边，默不作声，像只被拔光了刺的刺猬，毫无脾性。这个时候，仿佛人家把他口袋里的钱掏走，也跟他没关系似的。但他又好像永远没长记性。人家抢他的生意，他丝毫不在意，等到下一次，只要有机会，只要是那种大腹便便、一看就有油水的车主，他又会立马迎上去。哪怕客人已经在滴滴上下了单，他也会过去争取一下。他会说："老板，他们起步价要三十六元。我只收你三十。"一边说，还一边伸出左手的三根指头来比画。至于右手举起的那块招牌，早被他倒过来提着。在他看来，这是礼貌。在客人面前，不能把牌子举得老高，那是对人不尊重。

慢慢的，大家也对他没脾性了。人们不知道这家伙到底是怎么回事，一会儿像专给人挑刺来的，一会儿又软得像个柿子。时间一久，知道他怪癖的人多了，就没几个真跟他计较了。

这种人，反正不是傻子就是疯子，有什么好计较的？果真被他抢了客人，师傅们也只好这样自我安慰。说到底，他跟师傅们没有杀死的怨仇，大家都不过是想往碗里多刨几口饭而已。

相反，有时候明明两个人有过节，却又能在某一特定时刻结成特殊的"反战同盟"。

那是全泉在滴滴代驾师傅刚好接单，又忍不住去厕所方便的空档，误打误撞，"抢"单之后不久。有天晚上，他接到一个客人，刚上车，就听到后面像打雷一样"轰轰隆隆"响起来。看来，今天这客人喝得不少。不同的人，喝多了表现会各不相同。一些会像他一样，到一定程度，只要没打扰，兀自倒头便睡；一些会喝着喝着，像完全变了个人似的，平时沉默寡言的，这时候话多得像洪水，堵都堵不住，反倒是那些平时的话痨，忽然一下子安静下来，静得像处子，坐在那里傻傻地发呆，不熟悉的人，还以为是不是酒精把脑子烧坏了；还有更不同凡响的，酒没喝几口，满桌子不是他的吆喝声，就是他漫天挥舞的肉拳头，仿佛只要谁不跟他碰一杯，他就会跟谁拼命了一样。

醉酒的客人见多了，全泉自会有不同的应对。像今天这样的，不用跟他瞎扯，他愿睡，只管让他睡去。到了目的地，把车一交，赶紧又接下一单。一个晚上就那么两三个小时的高峰，不抓紧时间挣钱，又只能等到明天晚上了。

路不远，很快就到了小区车库入口。全泉正准备叫醒客人，不想那人一个激灵，双脚一弹，手一抻，就醒了。车主说："就在这儿吧，你们时间紧，我自己开进去。"全泉没有说话，把车停稳，身子还没挪下来，心里已经涌起一股暖潮。别人都说，酒醉心明白，果然有道理，别看他一路睡到头，心里居然还装着别人，知道为别人着想，给这样的人代驾，值！

全泉到车尾，打开尾厢，把扁倒在里面的电动车提出来，放到路边，再把用来搁放电动车的胶垫收好。最后一步，是把钥匙交出去。他环顾了一下四周，这个小区处于城中心，周围的消费场所不少，根据经验，会很快接到下一单的。也是冤家路窄，正是这一环视，却发现那个"内急小哥"此时竟也在十步开外的地方，原地骑在电动车上，一脚踏地，一脚蹬着踏板，歪着身，弓着腰，左手把龙头，右手持手机，不知道是在看地图，还是在玩游戏。全泉视线扫过去那一刻，那人明显抬了一下头，也朝这边扫了一眼。没的说，"内急小哥"肯定也才刚把客人送到这附近，正在等下一单。

没走出几步，全泉听到客人在后面喊："等等！等等！师傅不忙走！"全泉不知道出了什么状况，只好将电动车停好，返身回去。车主站在汽车右后门，等他走到近前，才说："师傅，你看看，这是怎么回事？"全泉一看，立马傻眼了。在车门与油箱交界的地方，竟然出现了巴掌大一块擦痕。深倒是不深，但明显凹进去了。关键是，这是辆崭新的奔驰，要修肯定进 4S 店，没有几大千，绝对拿不下来。

全泉愣头愣脑地说："老板，这一路过来，您都在车呢。你明白的，路上可没出什么事！"车主说："我明白？我不明白呀！我上了车就睡着了，刚才醒。醒了就下车，下车就发现这问题。你不能说，是车停在这里被我擦刮的吧？"

全泉一时语塞，不知道该如何反驳。

"有没有可能，车之前就已经被剐成这样啦？"全泉小心翼翼地说出自己的想法。"怎么可能！我每次停完车，都会检查一遍才走，之前从来没发现。"说到这里，车主忽然像想起了什么似的，说："你们代驾上车前，不也是要绕车一周，才起步吗？你上车前没发现问题，下车后这问题就出现了，你说，不是路上出的事，是哪里出的事呢？"

全泉蒙了。他这才想起，去车库开车时，朝车身扫了一眼，发现是辆崭新的豪车，摸一把，连灰都沾不上手的样子，就没多想，又想客人喝得偏偏倒倒的，还在路边等着，就有点急，想快点开出去接他上来。

就是说，他把代驾前的标准程序给省略了。

可是，车主没有看到他省略呀。车主肯定认为他上车之前已经检查过了呀。这真是现实版的"哑巴吃黄连，有苦说不出"呢。

全泉想，他不能再争辩，争辩也没用。嘴里含的就算是坨狗屎，也只能一口气咽下去。吃一堑，长一智。下次上车前，可千千万万不能打马虎眼了。

车主表现得也还通情达理，见他不说什么了，就说："这样吧，今天有点晚了，你们也不容易，不耽误你生意。明天我把车开到4S店，修多少，到时候我把票据拿给你，你再补我多少。"这个方案没有额外为难，有点通情达理的意思。人家话都说到这个份儿上了，他还能说什么呢？他只能木讷讷地点点头，认了。

车主掏出手机，拍了照留作证据，又要了全泉的电话号码，存下来。然后上车，车缓缓向车库里面驶去。

正在这时，全泉忽然感觉一股风从身边刮过。还没反应过来是怎么回事，就见一辆电动车像一支离弦的箭，已经射出去十来米远。就听砰的一声，奔驰戛然而止。

不偏不倚，电动车刚好撞到奔驰车尾。

骑电动车的倒在地上，奔驰车主慌慌张张从车上下来。

当然少不了一番理论。

然后渐渐平息。然后又是一番新的理论。

最终达成协议，各自离开。

其实，骑电动车的倒在地上时，全泉就已经发现，那人正是"内急小哥"。他不明白到底是怎么回事，也不敢贸然上前，只呆呆地站在远处，观察事情的进展。总的来说，事故不算严重。骑电动车的没伤到，开奔驰的也没什么大碍，但车尾肯定又新凹进去了一大块。让他想不通的是，如果这也算一起交通事故的话，那事故的责任方一定是"内急小哥"，而且肯定是全责。可是，两个人分开之前，居然是开奔驰的掏出一沓现金，递到骑电动车的手里。好像还不够，又掏出手机来转账。总之，很显然，奔驰车主是完全满足了“内急小哥”的要求，一切都按他的套路来出牌。

又碰了面。

小哥说：“别担心，我帮你摆平了。”

全泉一头雾水，满脸迷茫的样子望着小哥。

小哥说：“你还看不出来呀？他那个刮痕，明明是原来就有的呢。他是自己出了事，又不想掏钱修，遇到你这种人，想讹你呢。”

全泉本来也有点朝这方面怀疑的心思，被这样一点醒，再想想，越想越觉得是这么回事。可，他是靠什么帮我摆平了呢？就凭那一撞，就摆平啦？

“你放心，我也不是那种专门讹人的人。就是看不惯。等他把车修好，找你要多少钱，我就转给你多少。如果有剩余的，到时候我再跟他说明，还给他。”

全泉本来想问，为什么是奔驰车主赔钱，而不是他赔奔驰车主。忽听到车道上一阵急促的警笛声呼啸而过。突然就想通了。哦，原来是这么回事！

两个人公说公有理，婆说婆有理，相持不下，最后不就只剩下报警一个招了吗？果真要报警，一个喝了酒、大概率是醉驾的司机，会面临什么样的处罚呢？

特别是，衣服穿得那么正，喝得都脸红脖子粗了，领口还扣着，说话又那么斯文，有点脾气也要跟人讲道理的样子，从气质上来看，肯定不是一般人。不是一般人，会是什么人？那多半就是——死要面子活受罪那一类人了。

出事那天晚上，正下着小雨。全泉接到一单客人，从车库把车开到街边，接上夫妻二人，向中环路方向前行。雨虽然不大，却密密麻麻，像从天上撒下的一把又一把细沙。

这样的雨天，总有点雾气沉沉的样子，人的心情多少会受到影响，不会像天气晴朗时那么悦然，话自然就少了许多。但全泉仔细观察了一下，还是想和那男的拉扯几句，就说："老板看起来好面生，是刚从外地回来的吧？"他没说"从外地来的吧？"而是，"从外地回来的吧？"是因为，上车之前，他虽然发现这是外地牌照，但他们的口音，却是地道本地人。男的在闭目养神，一声不吭，女的也一副事不关己高高挂起的样子，只侧了面，定定地望着车窗外。全泉有点自讨没趣。但越是这样，越勾起他的好奇心，想，怎么着，也要想办法把那男的嘴巴给撬开。

全泉又说："老板有多少年没回云阳啦？这些年，家乡变化可不是一般的大哟。"然后，他就边开车，边介绍："刚才你们吃饭的那一片，叫九街，是云阳有名的美食一条街。"他顿了顿，想等着后面的人接茬。然而没有。没有人理他。他想，还是算了，再多说几句，可能就引起反感了。

于是沉默。

于是，一路开到了中环路。

客人要去的地方，本来是直行，可正要经过云中后门，男人在后面开口了，说："向右拐！"全泉以为自己听错了，说："您是说右拐吗？右拐就绕了，直行几分钟就到了。"男的有点不耐烦地说："你哪有那么多废话？叫你右拐就右拐嘛！"全泉心里"咯噔"一下，仿佛得到某种暗力，脚下油门不由自主一轰，就过了十字路口，这才装着不好意思地说："哎呀，您也不早点说，来不及了！"

车就只能在直行道上行走了。

全泉不失时机地将他给客人说了无数次的那套说辞又拿了出来，说："大哥，您刚从外地回来，又喝了酒，云阳的路肯定没我熟。所以，您请代驾绝对是正确的，英明的！十年前，对，就在前面，就是前面这一段路，我可是亲眼见过一场惨烈的车祸呀。有一天，对，也是这样一个下着小雨的晚上，应该也是跟现在差不多的时候，一辆宝马，将一个刚放学过马路的女孩直接撞飞了……"

就听到后面一声怒吼："你他妈的是吃错了药是不是？到底还有完没完？一路上就听到你一个人讲，还越讲越有劲了是不是？我警告你，你给我消停点儿？"

男的已经恼羞成怒了。

但越是这样，全泉越不理会。他想，男的这样反常，一定有原因！今天总算让他逮着机会了。机不可失，时不再来，他非得把心中的疑团搞个水落石出不可！他就像没听见男人的怒吼似的，继续说："老板，你知不知道那个被撞的女孩儿后来怎么样了？哦，你肯定不知道，你们刚从外地回来。可我知道，我一直待在云阳呢。我告诉你们吧，她没死，但和死也差不了多少呢，除了吃喝拉撒，全身上下，几乎没有一个地方能动呢。"

"别说了！停车！我叫你停车！马上停！"男的已经忍无可忍，发狂般地怒吼着。但全泉不打算停车。他不能半途而废。他得继续把这场戏演好。他需要进一步确认，他刚才萌生的怀疑没有错。全泉说："老板干吗发这么大火呀？还没到呢，你喝多了，我不能把你撂在路上，那叫没有职业道德！"

也不知道是不是酒精的作用，反正是，正要通过十年前那场车祸现场位置的时候，男的在后座上忽然"霍"地一下站起，猛扑上来，双手像铁钳一样伸向前，想掐全泉的脖子。

汽车像泥鳅一样在马路上弯来拐去地滑溜着。

尽管受到攻击，全泉还是拼命掌握着方向盘。这下，事态已经基本明了了。不算百分之百，至少也是八九不离十。但是现在，他该如何制服男人的疯狂举动呢？只一霎，可能就在紧急关头的那一秒，他断下决心，斜了一眼后视镜，正好没车，男人的拳头再次砸过来，他猛地打一把方向，本来弯弯拐拐的汽车，忽然在原地打了个转，车头一定，车尾像扫堂腿一样向路边一排行道树甩去。

一场新的车祸由此而生。

就在十年前那场事故差不多的位置上。

全泉想，只有通过这种方式，才能将男的截住。只有警察过来，才能将他制服。

然而，等路边的行人报了警，交警几分钟后赶过来，却发现现场已经不见了肇事车辆。

电话是大约十几分钟后，全泉打给110的。于是警察又立即赶往县医院。后来才知道，原来车拦腰撞到树干，但并不十分严重。三个人虽然被撞蒙了，却都还醒着。女人一直紧紧地抱着男的，嘴唇发紫，好像才擦过紫药水似的。男的因为汽车横扫撞击的力量，头猛烈地碰到了窗玻璃上，玻璃没碎，头没破，却恍恍惚惚，险些分不清东南西北了。男的望一眼女人，知道事态没想象中那么轻松。他试了几次，想把女人往车外拖，但都没成功——可能因为撞击，车门变了形，怎么开都开不了。女人脸色却好像越来越难看，似着了一层青灰。男人一把撑过来，头抵住全泉座椅靠背，断断续续地说："大……大哥！我媳妇……心脏……不好。这几天……还……还正准备……去复查。求求你，先送……送我们去……去医院，后面怎么办，都……都随你！"

后来，交警听了男的供述，也颇多感慨，想起十年前云中后门那桩肇事逃逸案一直没破，是因为肇事车辆用的套牌，一查，号牌车主与肇事车辆根本风马牛不相及。离现场不远处虽有摄像头，可遗憾的是，事出当晚，天下着雨，车离摄像头又有不短的一段距离，所以肇事司机的面容根本看不清，只模模糊糊认得，是个男的，体形偏胖，不说肥头大耳，至少也有点大腹便便的意思。受害人父亲来警队看过录像，一起辨认过，也是毫无头绪。这次，如果不是因为肇事者外逃十年之后，母亲病重，冒险回来探视，又刚好被受害者父亲误打误撞碰上了，这桩案子，怕不知还会拖到猴年马月呢。

再后来，就有代驾师傅传出说，他那天恰巧在县医院，见过那男的。不说肥头大耳吧，至少也有点大腹便便的意思，看起来，确实像有点油水的样子。

人们不约而同，像突然想起了什么似的，又像突然明白了什么。

全泉还是干着代驾的营生。每到晚上七点，总是手举着一块大约半米高的招牌，上书：十年代驾，形单影只地立在街口。

只是，从那以后，再也没见他抢过别人的单。

（原载于《延河》2023年第7期）

良师

一

高峰从教育局报到回来，已经快中午十二点了，刚到门口，就被母亲急急拦住。母亲将他拉进门，探头向外面望了望，然后一副一本正经的模样问道："小峰，老实告诉妈妈，你在学校是不是闯祸了？"

高峰被母亲的问话弄得一头雾水，这个可怜的女人，一定是看到儿子在上班期间突然回了家，就以为肯定出了什么事。女人为孩子担忧了大半辈子，让自己的性格都变得这么一惊一乍了。

高峰微笑着看着母亲，将手从她粗糙的掌心中抽出来，帮她把额前一缕杂乱而灰白的头发捋了捋，说："妈，你放心吧。儿子不会给你丢脸的！我这次回来，是准备参加下午在教育局举办的全县优秀教师表彰大会！"

女人一脸疑惑地看着儿子，嘴里却不停地叨念："可是，可是，可是你们校长都给妈打了十几个电话了哩。每次都是急匆匆地问你在不在，也没说你要参加什么表彰大会呀？"

高峰一听这话，也觉得有些奇怪，自己早上刚从学校坐汽车进城，有什么事，校长完全可以在学校就交代清楚哇。难道，他还有什么其他的事需要我处理？

正在这时，屋里的电话铃又响了。高峰一个箭步冲过去，拿起话筒。那边果然是校长急促的声音。"喂，是阿姨吗？请问高峰现在回来了没有？"

"校长，我是高峰。我刚到家……"不等他把话说完，那边就立刻打断了，"高老师，你是怎么搞的！现在全校上下，旮旯角落都在议论，说你把班上的女学生带走了。你赶紧给我说清楚，这到底是怎么回事！”

校长劈头盖脸一阵问讯，把高峰轰得脑子里一片空白。稍顿片刻，他才突然缓过神来。校长口中所谓被带走的女学生，难道是她——今天早上和他同车进城的吴欣悦同学？吴欣悦在高原中学初二（三）班，正是高峰的学生。

说起这个吴欣悦，高峰就有些一筹莫展。按理说，女孩子的自觉性、自尊心都比较强，很多时候只需点到为止，不必过分敲打。但吴欣悦却不太一样，话说轻了，她好像根本没有听到一样；话说重了，又只管一个劲儿地落泪，不管怎么劝，止也止不住。问题的关键还在于，这个落泪的过程无论多么长久，她始终一言不发。有时候，看着她那副可怜兮兮又可恨至极的样子，急都急得死你。

高峰平复了一下心情，用尽量缓和的语气说道：“校长，您说的是不是初二（三）班的吴欣悦同学……”不等他继续往下说，那边终于叹出一口长长的气来，“看来，这个同学确实是跟你在一起呀！”

“不，不，不是……”

“不什么不！我们要找的人姓甚名谁你都一清二楚，难道你还不承认？”校长在那边发了火，用不容任何质疑的语气大声说道，“今天下午，你必须将吴欣悦同学给我完完整整地带回学校！剩下的事情，我们回来再说！”接着，只听“啪”的一声，电话断了。

高峰木然地坐在那里，半天缓不过神来。母亲在一旁察觉出了异样，战战兢兢地挨过来，又将儿子的手握在粗糙的掌心里。这一次，她反而镇定了许多，什么都没说，只是用温和而坚定的眼神，静静地看着这个面容焦虑的年轻人。

此刻，高峰的心里真是五味杂陈。他很想把话筒再拿起来，给校长拨过去。他必须解释！如果不解释清楚，事件的性质和后续的影响可想而知。可是，在现在这样的气氛之中，他的解释有用吗？人们最关心的是学生的去向，是如何尽快把学生带回学校！谁愿意在这种时候，听他在电话里毫无意义地啰里吧嗦呢？

是的，应该尽快把学生带回学校！可是，吴欣悦同学现在到底在哪里我都不能确定，又怎么把她带回去呢？高峰紧锁眉头，一言不发。母亲这时开口了："小峰，不要着急。不管什么事，妈都会陪着你！"高峰突然觉得鼻头一酸，险些落下泪来。

这个苦命的女人，无论自己遭受着命运怎样的打击，她总是会在儿子最需要的时候挺身而出。

"妈，我出去一下，一会儿就回来。"他已经打定主意，去先前与吴欣悦分手的地方看看。他隐约记得，吴欣悦说爸爸就住在路边的那幢白楼上。

二

一路之上，河风拂面。街道两旁的楼房依然陈旧而灰暗，偶尔一辆货车碾过马路，扬起的尘土在空中慢慢飘散，或者寂寂落下。这是一座即将搬迁的江边小城，在最后的时光中，一边挣扎，一边落寞。但毕竟阳光已经铺洒下来，高峰沉郁的心情开始慢慢有所舒缓。现在，他终于可以利用这一段难得的罅隙，理一理整件事的来龙去脉了。

这是一个很平常的星期三。高原中学是农村中学，放假制度与城里学校也有所不同，一般来说，都是连续上十天课，再放四天假。这天，刚好是师生们这个大周在校的最后一天。早在几天前，学校就已经通知他，今天要进城报到，去参加县教育局组织的全县优秀教师表彰大会。得知这个消息后，高峰整整两个晚上都没有睡好觉。他无论如何都想不到，自己工作才两年，就得到了这么大的成绩。特别是母亲知道以后，不知道会笑成个什么样。这一切都说明，苍天不负有心人，确实是一个亘古不变的真理。

高峰一大早就赶到了车站，巧得很，今天的司机和售票员是两口子，都是见过好多次的熟人，他们的女儿正好在自己班上。售票员很远就看见了老师，不等他上车，就兴冲冲地迎了上来，一边大声招呼："高老师！今天也要进城啊？"一边侧过身子，略略弯下腰，满面笑容地让老师上了车。

高峰也礼貌地客气了一下，就顺势在靠前的一个空位上坐了下来。车上人不多，看起来大都相互认识，三三两两在一起说着闲话。

正在这时，身后突然传来很轻的一声："高老师！"因为声音实在低得离谱，高峰刚开始都不太确定喊的是不是自己，但他还是本能地回过头看了一眼。初二（三）班的吴欣悦同学居然就坐在身后！她看起来十分腼腆，整个身子在座位上蜷成一团，像做错了什么事一样。

高峰不禁在心里打了个鼓，学校明天才放假，这孩子为什么今天就离校了呢？

"你怎么在这儿？给班主任请假了吗？"来不及细想，他脱口便问道。

“请假了。外婆叫我进城，去找爸爸拿生活费。”声音依然很轻，轻得高峰几乎要全神贯注，才能勉强听清。这样的交流太困难了。他索性回过身，不再问话。既然请过假了，爸爸又在城里，想来问题不大。昨晚虽没有前几天那么亢奋了，但总的来说，还是没怎么睡好。全县优秀教师！真的太不容易啦。好了，现在该闭目养会儿神了。

汽车什么时候进城的，高峰竟全然不知。直到耳边再次响起那轻得简直像蚊虫叮咬一样的声音：“高老师，到站了！”他才猛地一个激灵，清醒过来。

司机和售票员都站在车门外，依然笑容满面地招呼：“高老师，您太辛苦了！中午应该去好好补个觉！”

高峰微笑着跟两口子告辞。虽说才一个半小时的车程，但这一趟下来，精神还真是恢复了不少。

“你爸住在什么地方？”高峰觉得，吴欣悦毕竟是一个女孩子，而且一个人出门，怎么说也不是很安全。最好还是把她送到她父亲那里去。

“喏！就在前面。”吴欣悦指了指不远处，靠着街边的那幢白色楼房。楼房跟周围一律的灰暗色完全不搭调，有点晃眼，甚至有点不伦不类的感觉。

他们来到楼下，高峰看了看手表，快八点半了，九点前必须赶到教育局报到。于是，他对吴欣悦说：“你爸爸是住在这里吗？”

吴欣悦回答说：“嗯。是的。”

“那好吧。老师有事，先走了。”

三

高峰赶到那幢白楼前，不禁开始犯难。数了数，楼房总共有八层，每层少说也有十来户，都是一溜阳台过去，家家户户都在这通用的阳台上进进出出。凭直觉，整幢楼大概是租住户居多。现在是正午，阳台上已经看不见人影，有些大概在午休，有些恐怕又已经外出，忙着干活去了。阳光照射到白花花的墙壁上，显得格外刺眼。

高峰不知该从何入手。他站在上午离开的地方，有些手足无措。他不知道吴欣悦同学的父亲具体住在哪层楼哪间房，难道他真要像只无头苍蝇一样，一扇门一扇门到处去乱撞？如果不这样，他还有什么更好的方法吗？

想到这儿，他已经顾不得许多，只能硬着头皮，走上前去。

果不其然，在第一扇门前，高峰就吃了个闭门羹。他站在那儿犹豫了好一阵，举起手准备敲门，却停在空中，半天敲不下去。最后终于敲了下，却没有回声。他想，难道没人？或者，敲得太轻，里面没有听见？于是，他用了点劲，又敲了下，还是没有反应。他再加了点力，“咚咚咚！”连续三下。只听里面猛然传出一声断喝：“要死人啦？找谁？”

高峰竟一时语塞，他被里面的气场完全镇住了。

“有屁快放，没屁快滚！”里面的人开始震怒了。

高峰又来到下一家，谢天谢地，这家的门居然虚掩着没有关严。从里面不时传出今年刚流行的新歌：“相约在甜美的春风里，相约那永远的青春年华……”录音机的声音震耳欲聋，沙沙沙，嗡嗡嗡，咝咝咝……每一个节拍背后，仿佛都夹杂着各种数不清的噪音。

高峰轻轻把门往里推了点，歌声瞬间变得更大更响，震得地板都快抖动起来。房屋中间，一个白发苍苍的老婆婆仰面躺在竹椅上，双目紧闭，嘴角淌着清口水。

高峰试探性地喊了一声："婆婆！"

或许是录音机的歌声太大，老人没有听见。这迫使他提高嗓门又喊了几声，然而，每一次，老太婆都保持着仰面朝天的睡姿，没有丝毫反应。看起来，至少现在，这个屋子里除了老人，没有其他人。老人睡得那么酣甜，那么忘我，或许她正沉浸于过去美好的青春年华，或许她正等待着儿孙从外面回来一起吃饭，或许仅仅是因为老人的耳朵不好使了，她必须把音量开到最大，提醒自己还活在这个有声的世界里……

高峰不打算再惊动这个老人了，正准备离开，却听到身边传来十分清脆的一声："叔叔，你在干吗？"转过身，却是一个五六岁的小姑娘，正瞪着一双圆溜溜的大眼睛望着自己。

"哦，小朋友，我在找人。"

"你找谁呀？是找婆婆家的人吗？你找他们干什么？"小姑娘像个小大人似的，一脸疑惑，又一脸警惕地望着眼前的陌生人。

高峰不禁有些自责起来，自己在别人家门口缩头缩脑，又讲不出个所以然，肯定会引起旁人的误解了。他勉强挤出一丝笑意，说："小朋友，你知道这幢楼谁家姓吴吗？"

小姑娘的神情更加紧张了，说："你找姓吴的？我就姓吴呀。可是，我又不认识你，你找我干吗？"

这一问，倒把高峰问得不知如何回答。他正准备说，你认识一个叫吴欣悦的大姐姐吗？旁边门口却突然冒出一个妇人的脑袋，冲着小姑娘一阵大叫：“你这个死女娃子！哪个又叫你一个人跑出去的！快点给我回来！”

小姑娘一扭头，飞也似的跑过去，只听“哐当”一声，门就关上了。

高峰抬手看了看时间，已经快下午四点了。按照原计划，此时此刻，他应该正坐在教育局偌大的会场内，接受领导们热情洋溢的表彰。或者，在这个时间点，表彰会也可能早就结束了吧。他难掩颓败而失望的情绪，无可奈何地叹了口气，在心中自言自语道，这样的机会，以后怕是不会再有了。

接下来，他准备用最愚笨，但在如今这样的情况下也许是最行之有效的方法——守株待兔来试试。他来到一楼的楼梯间入口，寻了个稍微干净一点的地方，俯下身，吹了吹了地板上的灰尘，顺势就坐了下去。这是这幢楼的必经之处，只要吴欣悦还在楼上，那么他就一定可以碰见她。

太阳已经慢慢西斜，天变得越来越暗。街道两旁高低错落、密密匝匝的楼房让人局促而烦闷。在细长清癯的马路上，一片阴影连着另一片阴影，一直向远处延伸，然后一拐角，与一大片楼房连为一体。一辆拉着蜂窝煤的板板车“倏——”的一下从眼前滑过。车前的男子斜坐在木板上，双手掌握着像两支炮筒一样高高架起的车辕，一只脚往地上一掂，车就一荡一漾地往前迅疾滑去。蹲坐在车后的女人紧紧地护着身边的竹筐，生怕一不留神就滑下地去。车过处，两行轻浅的车痕中间，稀稀拉拉地散落下一层细密的煤渣儿。

目睹着此景此情，高峰的心情开始愈加复杂起来。很小的时候，父母也是以拉煤为生。虽说表面看是城里人，但城里人也有城里人的苦衷。没有知识，没有手艺，也没有农民的土地，除了下苦力，这样的城里人还能靠什么维持一家人的生计呢？苦虽苦点，但那时候父母都还年轻，有的是力气，也很恩爱。一家人的日子过得紧凑而温暖。一切的变故都是以父亲那旷日持久的大病为开端的。刚开始，父亲还只是轻微地咳嗽，后来咳嗽逐渐加重，咳得也越来越频繁，直到有一天，他仿佛用尽了最后一丝力气，终于咳出一口鲜红的血来，母亲才一下子蒙住了。父亲走了以后，母亲进了一家针织厂上班。母子俩相依为命，虽然日子很清贫，但总算也能养家糊口填饱肚子。然而好景不久，一场毫无征兆的下岗潮，如同风卷残云一般，重新把这个本来就风雨飘摇的小家庭投掷于漫天风暴之中。

“高老师！你在这儿干什么？”

高峰一抬头，竟然是吴欣悦同学。他实在太疲倦了，以至于想发点脾气都好像没有力气一样。他准备站立起来，试了好几次竟都没有成功，好不容易站稳了，晃了晃身子，才开口道：“总算等到你了！”心中悬着的石块落了地，他觉得心情一下子就舒畅了许多。先前还在想，万不得已就去求助警察，现在看来，这个计划不需要实施了。

“你去哪里了？怎么没在你爸那儿？”他还是不无责备地问道。

吴欣悦还是那么细声细气，生怕说出一句话马上就会被别人打回去似的，“我去爸爸家，阿姨说爸不在。我只好一个人去街上逛了逛。我想晚上他应该会回来吧，就趁现在天还没黑尽，再过来看看。”

高峰听到这里，不便多说什么。

“你以前来过这儿吗？”高峰问。

“来过……但……很少……以前……都是外婆带我一起来

的……”吴欣悦怔怔地立在那儿，顿了顿又说，“妈妈不让外婆来，说只要有办法，我们就不去麻烦他。”

高峰看看天色已不早，就说：“我陪你上去吧。明天一早我再来接你回学校。”

吴欣悦奇怪地看着老师，说：“明天我们放假了呀，我要回家，不回学校了。”

高峰不知道该怎样跟学生解释，只好说：“学校临时通知，让我先带你回去办点事，办完再回家。”

吴欣悦半信半疑地跟着高峰上了楼。

“老师，就是这儿。”高峰顺着吴欣悦的手指往前一看，竟然就是下午碰到的那个小女孩的家。怪不得小姑娘说她姓吴，原来……不及细想，他们已到了那家的门前。房门依然紧闭，屋里不时传出隐隐约约的对话声。

高峰上前敲了敲门。半晌，门终于开了一条缝，一个女人的半边脸挤在门缝里，一看是下午刚来过的陌生人，于是很不耐烦地说：“你到底要找谁？偷偷摸摸大半天了……”话还没说完，突然看到陌生人身后又闪出那张假装可怜的脸，不禁气不打一处来，嗓门一下就提高了八度，“我今天怎么这么倒霉啊？又见到这个死不要脸的！上午不是跟你说过了吗？我男人不在家……”

然而门就在此时被人拉开了，一个形容憔悴、肤色黝黑的男人出现在女人身旁。“跟你说过多少次了，你也不要太过分了！”男人说。

“我过分？我哪里过分了？这到底是我家还是她家？你到底是我男人还是她妈的男人？”女人气势汹汹，越吵越来劲。

男人还是礼貌些，一看跟女儿同来的是一个年轻男子，也不知是怎么回事，正打算问一问，高峰却抢先说道：“你应该就是吴欣悦同学的爸爸吧？我是她的语文老师，叫我高老师就好了。”边说边伸出手去。对方却赶紧将手缩了回去，在胸前连连摆着，说：“别……别……我这手……刚干活……脏……”

“高老师过来有什么事吗？是不是欣悦在学校闯祸了？”男人又尴尬又无奈地问。

“不是！不是！”高峰赶紧说，“也没什么大不了的事。欣悦同学说要来找你，我刚好和她同路，就陪她一起过来了。”他不想把一个本来很简单的事情搞得越来越复杂，也许这样回答是最恰当不过的。

女人见门口站着的是老师，气焰一下子降了大半，但嘴里还是不肯轻易饶人，边把身边的小姑娘往里面推，边叽叽咕咕地嚷嚷着：“找，找什么找？还不就是为了那几个臭钱！”

高峰不知道眼前这场面该怎么收拾，男人也不喊他们进屋，反而侧身出来，顺手就把门从后面带上了。

夜幕已经降临，昏黄的路灯在楼下的马路两旁一副昏昏欲睡的样子。男人深深地叹了一口气，低垂着头，有气无力地说：“高老师，我们家的情况你也看见了。当初，是我不对，可是，我长年累月一个人在外面……算了，不说这个了。只是苦了这个可怜的孩子……”说到这儿，男人抬眼看了看一直躲在高峰身后的女儿，眼角流露出一丝不易察觉的神情，不知是爱怜还是悔意，但只一瞬，他的目光又低垂了下去。接着，他那宽大而粗糙的手开始在裤兜里摸来摸去，摸了半天，似乎没摸到什么，又伸到了衣服口袋去摸。终于，他从里层的上衣口袋里掏出来一张皱巴巴的 50 元人民币，向女儿面前递过去。

“爸爸对不起你！可是，爸爸也只有这么多了……一会儿你自己去找个旅馆住下吧……”

然而，这个平时看起来十分文静、羞于言表的女孩子却并没有伸出手去接父亲递过来的钱。高峰正在想，是不是要帮她先拿着，一会儿再转交给她，却只听“哇”的一声，吴欣悦双手捂面，转过身飞也似的跑开了。

高峰赶紧追了上去，只留下男人呆呆地立在阳台上，木然着，一动不动。

高峰没有让吴欣悦去住旅馆，而是直接将她带回了家。他想一个小女生在外面住宿，终归是不安全的。不如让她和母亲一起睡吧，只是母亲向来睡眠不好，身边突然多了个人，一定会不习惯，今晚恐怕又是一个不眠之夜了。

母亲见儿子出去了大半天，一直没音信，本来就很忧心，现在又是深更半夜的，突然就带回来一个小姑娘，还似乎刚刚哭过的样子，不由得大惊失色。但她很快就镇定下来，她相信自己的儿子，儿子从小到大心地善良、乐于助人。大学毕业以后，他本来可以留在县中，却主动要求去乡下支教。那时候，他还怕我这个当妈的不理解，总是开导说，现在他还年轻，年轻人就应该多吃点苦，反正过几年还可以回城的。其实他不说，我也知道，他是想去那些偏远的地方，帮助那里的孩子们多学文化知识呀。

但她终究还是不放心，等把小姑娘安顿好，就迫不及待地把高峰拉到一边，说：“赶紧告诉妈，这女孩子是怎么回事？”

高峰答道：“妈，您就放心吧！她是我的学生，今天我在路上碰到她，怕她一个人出意外，就先带她回来，明天我再送她回学校。”

当妈的终于放下心来，但马上又想起了什么似的，说：

“今天真是奇怪，你出去以后，你们校长又打来好多个电话，每次都是问你在什么地方，问我我也不知道哇。我问他找你有什么事，他也不说，真是急死个人！”

高峰看了看时间，都快晚上十一点了，这个时候校长肯定休息了。算了，明天还要回学校，等回去以后再跟他汇报解释吧，反正电话里也说不清。他轻轻拍了拍母亲的肩膀，说：“您不用想太多了，校长肯定是想问我今天参加表彰大会的情况。毕竟，这不仅是我个人的荣誉，也是学校的荣誉。行了，您快去睡吧。我也累了。”

高峰确实也累了，现在才想起来，原来中饭、晚饭都还没吃呢。他觉得全身的骨头都像快要散架了一样，巴不得立马就缩进温暖的被窝，美美地睡上一觉。然而，当他的背脊一挨床，就怎么也睡不着了，脑子里全是今天所发生的一幕又一幕……

四

第二天一大早，高峰就带着吴欣悦回到了高原中学。无论如何，校长既然要他把人带回去，他就必须得完成这个任务，而且，当着学生的面，校长要了解什么情况，一切也就一目了然了。

校长正心急火燎地坐在办公室里，又准备打电话，一见高峰他们进来，立马放下话筒，绷着脸说：“你这是怎么搞的？不是叫你昨天下午必须要回来吗？今天要是再不回来，我就打算报警了！”

高峰知道校长正在气头上，越是这个时候，他越应该耐心做解释。他理了理头绪，正准备把事情的前前后后给校长讲清楚，校长突然说："欣悦同学，你去隔壁教导处等一会儿，我先跟高老师说点事。"

待吴欣悦一回避，高峰就开始讲述昨天如何在车上碰到吴欣悦同学，后来又如何将她送到了那幢白楼底下，接到校长电话以后，他又是如何立即行动，出去寻找吴欣悦同学，中间又是如何碰壁，没能按时回校，一直到傍晚又是如何再次碰到她，然后上楼找她爸爸，最后又是如何离开的……

听完高峰的讲述，校长半天没有作声，终于，他说了一句："你坐吧。"

接着，校长把吴欣悦叫了过来。他的语气慢慢变得缓和起来，说："欣悦同学，有几个问题，你一定要诚实回答，不要撒谎，明白了吗？"

吴欣悦不知道校长为什么要问她问题，一脸茫然地望着他，轻轻点了点头。

"昨天你是一个人离开学校的？"校长问。

"嗯。"

"高老师不是和你一起吗？"

"我们是在车上碰到的。"

校长想了想，大概觉得应该把这个问题问得更清楚，于是又说："他不知道你要进城？"

"不知道哇。我又没给他说。"吴欣悦开始皱起了眉头，她被校长的问题弄得越来越糊涂了。校长怎么净问些废话呀？我进城找爸爸，为什么要跟高老师说呢？我不给他说，他怎么会知道呢？这不是显而易见的吗？

"嗯，那好。可是，你进城去找爸爸拿生活费，为什么不等到今天放假了再去？昨天，全校可都还在上课呀。”校长发现自己的问题好像引起了反感，尽量把语气再放柔和些。

吴欣悦沉默了，不停地用双手揉搓着衣角，身子轻微地晃动着，仿佛用了很大的力气才止住了内心的悲伤，慢悠悠地说：“我外婆……病了。我都十天没见到她了，也不知道她好些了没有。我想节约点时间，如果昨天下午能赶回学校，这个时候我就可以在家里照顾她了……”

高峰听到这里，不觉鼻头一酸，差点落下泪来。小姑娘小小年纪，竟然就这么懂事。这一切，都是生活的逼迫呀。

校长显然也受到了触动，但他还是努力保持着校长的威严，不想失态。

“如果是这样，那老师可以原谅你。可是，你有事也应该向老师请假呀。不然，大家还以为你出了什么事呢。”校长还是忍不住要责备几句，为了这事，昨天，学校上上下下可不怎么平静，到处都在风言风语。一个年轻男教师和一个初二女学生同时离校，这个女同学还一声招呼都没打，太容易引起人们无限的遐想。更要命的是，那个女售票员的女儿就在吴欣悦同学班上，可能也是听到了一点什么，结果她从县城回来，还专门跑到学校来，言之凿凿地证明，高老师就是和出走的女学生在一起！

吴欣悦局促地站在那儿，歪着脑袋，像是自言自语，又像是竭力辩解，说：“不对呀，我写了请假条的呀。因为早自习是英语，班主任没有来，我又不好那么早就去打扰他，就请陈霖同学帮我转交的。难道她忘了？”为了表明她所言非虚，特地将“陈霖同学”几个字加重语气，做了重点突出。

高峰心想，绕来绕去，原来就是一个大乌龙啊。这样也好，自己总算是清白了。不然，往后在学校的日子还真不知该怎么过呢。校长觉得这事好像也应该画个句号了。既然吴欣悦同学说她写过请假条，还请同学转交，这事开学以后很容易核实。好了，就到此为止吧。

校长站起身来，走到高峰面前，伸出手去，紧紧地握住高峰的手，声音略微激动地说："谢谢你，高老师！谢谢你把吴欣悦带回来，谢谢你用实际行动给我上了生动的一课。我这个校长，当得惭愧呀！"

五

从校长办公室出来，高峰原本打算等吴欣悦离开以后，再坐车回家。这两天行踪诡秘，母亲肯定还在为他忧心呢。然而，刚刚走出校门，他却临时改变了计划。他想去吴欣悦家里看看。农村学校不像城里，老师要做个家访，往往需要翻山越岭，走许多的山路，既耗时又费神，所以，一般的老师通常都望而生畏。在高峰的印象中，似乎从来都没有听说过学校的哪位老师曾经去家访过。可是，要全面掌握学生的心理动向，最大限度地因材施教，不家访，真的能够做到吗？譬如现在，吴欣悦同学的家庭变故，难道不会对她的学习产生一定影响吗？作为老师，对于学生面临的这些困境，难道不应该认真分析，然后帮助学生一起面对吗？说到学习，这个孩子虽然不怎么爱表达，但成绩还算中等，如果再努点力，很有可能成为优等生。高峰觉得，越是这种时候，越不能够放弃她。更何况，她本来是去找爸爸要生活费的，可到头来，还是几个口袋一样重，回到家，又怎么面对家人，怎么解决家里正面临的那些现实问题呢？

吴欣悦听说高老师要去自己家里，先是迟疑了一阵，脸色瞬间黯然下去，既而又容光焕发起来。

经过近三个小时的步行，他们来到了一条河边。“高老师，快到了。”吴欣悦指了指河对岸，说。这孩子一路上都没有多话，快到家门口了，总算开了口。

顺着她手指的方向望过去，半山腰上，在一大片青翠密集的竹林中间，隐约露出几座瓦屋的檐角。竹林四周长满了大大小小的松柏和一些不知名的杂树。屋前是碧波荡漾的河水，屋后紧依着连绵不绝的大山。

因为离得还远，除了一大片惹眼的绿，便再也辨不清更多的东西。但是，高峰总有一种奇怪的感觉，那绿色的中央仿佛渗进了什么杂质，聚在一起，活像一个灰色的缺口，又像一块暗黑的补丁。

顺着公路旁的一条小路下到河边，上渡船过河，再沿另外一条小路往上爬。十几分钟后，高峰逐渐听见前面院落里的狗吠声，抬起头来的那一刹那，他愣然了。

他看见了什么呢？

一座土屋，一座黑黢黢的、斑驳破败的土屋。一座没有了房顶，徒有四壁的土屋。不，其实那已不能算是一座土屋了，最多就是一圈歪歪斜斜堆在一起的土疙瘩。

高峰忽然明白了先前看到的那个缺口，或者那个补丁到底是什么了。转身，吴欣悦正呆呆地看着眼前的一切。这时，高峰分明感到这个文静而羸弱的孩子眼中，正明晃晃地闪动着什么。

“高老师，这就是我的家。”

高峰不知道该说什么，只觉得内心生出一股隐隐的痛。他现在终于明白，吴欣悦先前得知自己要去她家，为什么会迟疑而黯然了。

吴欣悦开始走到前面去带路。再往上爬十几米，就到了一个小院子。“这是我舅舅家。”小姑娘边跑边喊，“外婆！外婆！高老师来了！”

外婆并没有应声出来迎接。高峰进了屋，老人正靠在一张简陋的竹条椅上，身上搭了一层薄薄的被子。吴欣悦跪在地上，俯下身，握着外婆那双枯藤一样的手，轻轻地问：“外婆，您好些了吗？”

老人“哼哼”了两声，想要抬起手，摸一摸孙女的头，却在半空无力地垂了下去。

“外婆，高老师来我们家了。”

老人侧过身子，想要跟老师打声招呼，她的手在空中挥舞了两下，又茫然无措地摸了摸，但终究什么都没有摸到。高峰这才注意到，原来老人的眼眶深陷，眼珠浑黄——她大概什么都看不到了。

“外婆，吴欣悦同学说您生病了，我过来看看您！”高峰生怕老人耳朵不好使，故意把嗓门提高些。

老人含含糊糊地答了两声：“好！好！”

这时，屋外过来一个四十多岁的男人，卷着裤管，扛着锄头，一看就是刚从田间地头劳作回来。

吴欣悦对着男人喊：“舅舅，高老师来了。”

舅舅先是有点意外，接着很不好意思地放下锄头，搓了搓双手，又顺便往衣服上揩了揩，就腼腆地笑着，一路小跑过来跟老师握手。

礼貌地寒暄过后，高峰问："外婆的眼睛怎么了？"

舅舅悲怆地摇了摇头，说："还不是为了欣悦她妈呀！前些年天天哭，都是哭瞎的。"

高峰这才注意到吴欣悦的妈妈一直没有露面，"她妈妈呢？怎么没看到？"

舅舅长叹一口气，开始一五一十地讲起来。欣悦妈妈和爸爸是初中同学，毕业以后没多久，就一起到广东打工。后来有了小欣悦，妈妈回了老家专门带孩子，爸爸还是继续留在外面，打工挣钱，养家糊口。头几年日子虽然过得辛苦，但每年春节全家一团圆，所有的辛苦全都烟消云散了。然而，事情的转变就是从有一年的春节开始的。在外打工的男人没有回家，只是从外面寄了些钱回来，汇款单上还简单地附了几个字：加班，不回家。以后的好几年，男人都是寄钱回来，不见人影。

高峰忍不住问了句："她妈妈就没有产生过怀疑？"

"也有过呀。可是，农村妇女，除了在家带孩子，人又隔得天远，还能怎么办呢？还不是心想着，只要有钱往家里寄，日子就将就过下去。"虽然事情过去了好些年，但舅舅说起来，还是难掩心中的怨怼。他平静了一下心绪，继续说，"终于有一年，钱没有寄，人倒是回来了。可人一回来，就要和欣悦妈妈离婚……"

舅舅的声音有些颤抖，哽咽着，过了好一阵，才又说："过程我就不讲太多了。他们离婚以后，欣悦妈妈就把孩子托给了外婆，一个人又出门打工去了。"

高峰的脑子里又出现了街边的那幢白楼，楼上那个凶悍的女人，女人身边警惕的小姑娘，以及，那个站在阳台上，怅然若失的下力人。接着，他的目光不由自主地转向了来时的方向，那圈黑黢黢的半截墙头在竹林中间若隐若现。

“前面被烧毁的，是吴欣悦他们家吗？”

一提到这个话题，舅舅又是一阵唉声叹气，但在老师面前，他还是尽量保持着克制。“严格讲，也不是他们家。那里原来是我妈的房子。她父母离婚以后，孩子跟了我妹妹，一时也没有别的去处，就暂时和我妈住在一起。妹妹出去打工，常年不在家，孩子现在也上了中学，平时很少回来。妈的眼睛本来就不好——但不像现在一点都看不见了，离我们又近，我们都是叫她过来一起吃住。但一到放假，她就坚持要回去，说孩子命苦，一定要亲自给欣悦做饭吃，就算是一种补偿吧。”舅舅这时像突然想起了什么，一拍脑袋，说，“说了半天，我都没喊老师坐呀。”赶紧从墙角拖过来一条板凳，往高峰面前一搁，就硬要拉老师坐下。

待老师坐定，舅舅继续着前面的话题：“大概两个月前，又到了欣悦放假回家的日子。老人家趁我们都出去干活了，又一个人摸回去，准备给孩子做饭。灶膛的火升起来，火星却散落到了灶前的柴草堆中。妈的眼睛已经很模糊了，做事情基本上都是靠摸。所以，连脚边的明火都燃了起来，她竟然都不知道。”

高峰的心差点提到嗓子眼上。

“幸亏欣悦这时正好赶回了家。一见到灶前火光冲天，烟雾缭绕，她飞快地跑过去，把外婆拉了出去，然后跑到外面来叫我们。等到我们赶回去，毕竟火太大了，唉！就成了现在这副样子。从那以后，老人家就一直白天黑夜躺着，再也不能起来一个人走动了。”

舅舅说完，突然就没话了。他从上衣口袋中抽出一支劣质纸烟，给老师递过来。高峰赶紧摆了摆手。两个男人就这样默然着，一个抽着纸烟，火星一闪一闪，一个坐在板凳上，陷入了沉思。

中饭以后，高峰想独自出去转转，把灌了铅似的心情稍微放松一下。他打算三半点左右回来，然后启程返校，待在这里，不但帮不了人家，反倒会添乱。

顺着小院旁边的一条土路，往上，大约半个小时，就到了后山一块半悬在空中的巨大岩石上了。漫山遍野的绿色，从上往下，绿得发亮，绿得耀眼。高峰心中涌出一阵莫名的感动，或许，再脆弱单薄、孤苦无助的生命，都会因为这绿色的滋养，焕发出蓬勃的生机吧。

正这样想着，耳畔忽然响起尖厉无比的猪嚎声。这突如其来的嘶鸣与咆哮震撼着大山，震撼着高峰脚下的巨岩。低头，吴欣悦瘦小的身子像只兔子一样，在下面小院里跑来跑去，忙个不停。房屋上空，正烟雾缭绕。

高峰回到小院，顿时傻眼了。他万万没有想到，吴欣悦的外婆为了迎接老师的到来，竟然要求儿子把在大火中唯一幸存下来，本来预备过年的那头肥猪给宰了。他说不清心中是什么感受。是意外，是震惊，是自责，还是深深的懊悔？他想，无论如何，在离开之前，都要给这个多灾多难的家庭留下一点现金，弥补这次莽撞造访给他们带来的困扰，虽然，自己一个月的工资也十分微薄。然后，然后他还能做点什么呢？除了在学习上更用心地指导，在心理上更耐心地疏导，或许，还应该把吴欣悦同学的家庭现状向校长汇报，争取一些更实际的帮助……

六

新的一周开始了。高峰上完课，准备趁课间活动的时间到校长办公室，向他详细反映吴欣悦同学家里的情况。他设想的最好结果是，学校免除吴欣悦在校期间的一切学杂费，号召全校师生向她献爱心，同时，以学校的名义，向她家所在的乡政府去一封公函，争取从政府层面也给予这个灾难深重的家庭一些资助。

刚出教室门，就听到广播里通知，全体师生马上到大操场集合。平常的这个时间，都是学生做课间操，今天要求老师也参加，学校领导肯定又有什么重要的讲话了。高峰跟随同学们一起到了操场上，站到初二三班队伍后面。

人员集合完毕，校长开始讲话。先还是讲了一些关于学习和安全重要性方面的注意事项，接着话锋一转，就说到了吴欣悦。

高峰心头一紧，校长这是怎么了？他不是知道事情的来龙去脉了吗？怎么还要在大会上批评人家呢？

接着再往下听，“当然，后来我们也了解到，这中间可能存在一些误会。但不管怎么样，影响已经造成。我们希望全体同学引以为戒，这种事情绝对不能再有第二次了！”

原来，批评是为了杜绝。想想，也对。

校长声音洪亮，情绪饱满。“今天在这里，我要特别表扬一个人，他就是我们初二（三）班的语文老师——高峰老师！”

操场上先前还鸦雀无声，突然就响起了热烈的鼓掌声，高峰似乎还听到了几声尖厉的口哨。过了好一会儿，掌声才稀稀落落，慢慢又归入了沉寂。

“正是他，完全出于一个优秀老师自觉的责任意识，及时发现问题，及时解决问题，在我们的同学最需要他的时候，挺身而出。如果不是他，我们有些同学很可能就走上了迷途。如果不是他，我们学校的声誉有可能正蒙受着巨大的伤害……”

高峰忽然觉得头痛得厉害，人都差点晕倒。校长后来讲的什么，他一点都不知道了。恍恍惚惚也不知过了多久，人群开始散去。一路上，他步履沉重。经过初三一班的时候，几个同学正聚在教室门口闲聊，看到高峰过来，马上就进了教室。但他们的对话，还是被高峰听到了一些。

“他跟她一无亲，二无戚，干吗要那么好心？”

“就是，既然那么好心，怎么不来关心关心我呢？我爸爸妈妈还不是离了婚。”

“嘘！别乱说。校长都表扬他了，肯定还是有道理的。”

“嘁！校长当然要那样说了。说老师好，还不是说学校好。”

“对对对！校长还不是能遮就遮，真的当个事闹出去，校长也会承担责任的。”

…………

高峰不知道自己为什么会到了校长办公室门口。校长一看，高老师来了，立刻笑容满面地迎了出来，说：“高老师，我们已经核实过了。吴欣悦同学确实写了请假条，请陈霖同学转交给班主任。陈霖刚开始忘了，后来想起了要交，周围又闹出一些不好的传言，就索性不交了。这个事，我们已经批评教育她了。”

高峰不知道该说些什么，脑子里一团糨糊。那就什么都不要说吧。其实，校长讲得一点都没错。是的，他知道事情的真相，所以他表扬了自己。表扬，这个，又有什么错呢？然而，他还是连看都没看校长一眼，就从他身边擦肩而过了。校长在后面睁着一双惊疑的大眼睛，完全蒙住了。

随后的一段时间，高峰明显地感觉到周围的人都有些不对劲了。具体是哪里不对，他也说不出。有时候，他明明发现有人在看他，等他望过去，那边又立即把目光移开了。有时候，他路过一群人，刚才还嘻嘻哈哈的，一看到他来了，马上全都闭嘴了。甚至，原来经常跟他一起打球、散步、下棋的几个年轻老师，好像也有意无意在疏远他。每次碰了面，正要打声招呼，那边却把头一扭，假装没看见。所有人中，只有一个人例外，那就是校长。校长还是那么热情洋溢，他似乎是发自内心地理解高老师，称赞高老师。

直到有一天，校长在路上拦住了他。校长说：“真不好意思，高老师。跟你说个事——我一直都在想，这事到底该怎么跟你说呢？也许，怎么说，你都不会介意吧？”

他斜着眼睛瞟了高峰一眼，大概是想根据年轻人脸上的表情来决定他该如何表述。然而，年轻人却一脸漠然。“教育局前几天打电话来，说上次你没去参加表彰会，事前没有请假，事后也没有一个令人信服的解释，所以——所以，他们决定，取消了，你的——你的优秀教师资格。”校长吞吞吐吐，十分艰难地把意思表达完整了，然后，又不忘补充道，“不过，我认为，你还是我们学校的优秀教师！”

可是，他百口莫辩。

他想起了毕业那会儿，是抱着多么美好的愿望来到学校的呀。他放弃了留在城里工作的机会，主动要求到农村来支教。他把母亲一个人甩在家里，十天半个月才回去看一次。母亲，一想到母亲，他就心酸得想要落泪。本来是想给她争口气，做个善良正直的好男人，做个受人尊敬的好老师。可是，为什么这样一个小小的愿望，我都不能实现呢？

夜已经很深了。熄灯号已吹响多时。群山脚下，农田之畔，高原中学在黑暗中慢慢进入了梦乡。昏黄的灯光下，高峰端坐在桌前，认真铺开稿纸，一笔一画，沉静有力地写下几个字："辞职信。"

写完，高峰直起身，把衣服拉得笔挺。他望了望窗外那条模模糊糊的小路，那条连通学校和集镇的小路。明天，他就要从那里走出去。

前路一片迷茫，他，却一身轻松。

可是，他到底又把"辞职信"撕了。撕得很彻底。

他想，他怎么能像个逃兵一样，拍拍屁股，一走了之呢？

误会终究只是误会。

所有的误会，都像空中的阴云一样，可能会一时遮蔽人们的眼睛，但，终会迎来云开雾散的那一刻。人们终究会意识到，他是一个真正的好老师。

他愿意等待那一刻的到来。

半个月以后，周一，又到了开全校师生大会的时间。

高峰不想去人头攒动的大操场。他斜倚在教室门口，有些无精打采地盯着灰白的天空。秋天又到了。秋天，在很多人眼中，都是丰收的季节。可是，为什么他看到的，只有偶尔从树梢飘零的落叶呢？

正在出神之际，却突然听到广播里，校长那高亢激越的声音："教育局文件刚到，我们学校的高峰老师，重新被评为县级优秀教师！上级已经仔细核查过，高峰老师是真正值得我们全校，甚至全县师生学习的好老师。让我们用热烈的掌声，祝贺高峰老师！”操场上，先是一片静默，接着，掌声雷动。虽然离得有点远，但人们的欢呼声，依然清晰可辨。

高峰有点蒙。他突然想起来，那天在路上碰到校长，校长说，他一定要去教育局，向他们反映事情的真实情况。当时他正心事重重，对校长的话，也没怎么放在心上。

没想到……

高峰只觉一股热流从胸腔里猛地涌上来。他一扭头，目光刚好与那个因为感冒没去操场，正待在教室休息的学生碰触到一起。那个学生惊诧不已。他发现刚才还好好的高老师已满面泪痕了呢……